Heinz Strunk

Das Teemännchen

Rowohlt

1. Auflage September 2018

Satz aus der Nyte PostScript, InDesign,
bei Dörlemann Satz, Lemförde
Druck und Bindung CPI books GmbH, Leck, Germany
ISBN 978 3 498 06449 5

Für Frau Käse

Tempo 100

Marion und Michael (M&M) gehören zu den Paaren, bei denen der Mann groß und hager, die Frau klein und dick ist. Beide tragen Schwarz, immer. Er, weil er Tontechniker ist und alle Tontechniker auf Gottes weitem Erdenrund ausschließlich Schwarz tragen, sie, um ihre abstehende Wampe zu kaschieren.

Michael, Spitzname Mike, Jahrgang 64, sieht aus, wie man sich einen missgünstigen Nachbarn vorstellt, einen Blockwart, Privatsheriff, Brunnenvergifter: der Mann ein trauriges Gerippe in zu großen Sandalen und mit spindeldürren, haarlosen Waden, die wenigen grauen Haare zu einem Pferdeschwanz gebunden. Er ist der Prototyp des unbelehrbaren, humorlosen, linken Spießers, Überbleibsel einer Post-68-irgendwas-Generation, aufgewachsen im Schatten der Anti-AKW-Demos (sein Lebenshöhepunkt war der 28.2.81, als er auf der seinerzeit größten Demo gegen das Atomkraftwerk Brokdorf durch die Wilstermarsch trabte) und der legendären Bonner Friedensdemos, erbitterter Gegner des Nato-Doppelbeschlusses, Startbahn West, Gorleben, Kapitalismus, Imperialismus, Amerika sowieso, heimlicher RAF-Sympathisant. Erbittert verteidigt er immer noch die DDR, wird fuchsteufelswild, wenn die Diktatur «schlechtgeredet» wird, und überhaupt, Diktatur, die Begrifflichkeiten müssen ja wohl noch mal geklärt werden.

Er ist angestellt beim Verleih von *Just Music*, einem der führenden Musikunternehmen Deutschlands mit Niederlassungen in Hamburg, Dortmund, Berlin und München. Dort hat er vor 24 Jahren Marion, die in der Firma als Telefonistin arbeitete und immer noch arbeitet, kennengelernt. 24 Jahre! Ein Jahr bis zur Silberhochzeit, wenn sie denn verheiratet wären. Ein Wahnsinn und kein Ende in Sicht. Seine Lebensabschnittsgefährtin, so nennt er sie, niemals Freundin, niemals Frau. Lebens*abschnitts*gefährte, schön wär's; wie es aussieht, bleiben sie aneinander kleben, müssen sie für den Rest ihrer Tage miteinander vorliebnehmen. Eine Need-Company. Zu alt, zu leer, zu langweilig, zu dick, zu dünn, zu arm, zu uninteressant, zu alles Mögliche. Das wird schwierig, noch mal neue Lebensabschnittsgefährten zu finden.

Sie hat sich längst damit abgefunden, er nicht. Er nimmt ihr das übel, nutzt jede Gelegenheit, ihr eins reinzuwürgen. Als wäre es *ihre* Schuld. Nach Feierabend berichtet er beispielsweise sehr lange und sehr ausführlich von seinem Tontechnikeralltag (keine Rock- oder Popkonzerte, sondern fast ausschließlich Messen, Industriegeschichten, Events). Ödes Gefasel, mit näselnder, pfeifender Stimme vorgetragen, um sie zu bestrafen.

Eine Zeitlang gab es zwischen ihnen eine Art Wettbewerb, wer der größere Spießer ist. Es galt, den anderen mit noch ätzenderer Kleinkariertheit zu Boden zu ringen. Meist gewann er. Sie hat irgendwann aufgegeben, ihre endgültige Niederlage anerkannt, doch ihm ist das nicht genug, er setzt nach, jetzt erst recht, immer wieder, immer weiter, gnadenlos. Manche schwachen Menschen empfinden bekanntlich großes Vergnügen dabei, ihre Macht und Überlegenheit an noch Schwächeren zu demonstrieren.

Manchmal kommt es ihr vor, als stiege ein geheimnisvoller Nebel von ihm auf. Sie fürchtet sich vor ihm. Mike ist ein schwarzes Loch, dessen Schwerkraft nicht das kleinste bisschen Licht mehr in ihr Leben dringen lässt.

12. Mai, für die Jahreszeit ist es viel zu kalt. Trübes, diffuses Regenwetter, grauer Himmel, aus dem unablässig Wasser fällt. Sie sind auf dem Weg nach Südtirol. Mikes ältester Freund heiratet in Bozen; warum ausgerechnet da, hat er vergessen, ist ja auch egal. Fast 1100 Kilometer sind das. In den Achtzigern fuhren als umweltbewusst geltende Leute nicht schneller als einhundert Stundenkilometer, auch nicht auf der Autobahn, gerade da! Mike hat das beibehalten, oft fährt es sogar *noch* langsamer. Ein elendes Verkehrshindernis, er hat Gefallen daran, die anderen Verkehrsteilnehmer zu nerven, es ist schließlich sein gutes Recht, so langsam und umweltbewusst zu fahren, wie er will. Dabei ist sein ungefähr hundert Jahre alter schrottreifer Passat eine Giftschleuder, die mehr Abgase hinausbläst als ein Audi A8 bei Tempo 240. Völliger Schwachsinn, die Tempo-Hundert-Schrubberei; wenn er der Umwelt wirklich einen Gefallen tun wollte, müsste er die Schüssel unverzüglich stilllegen. Wütende Brummifahrer zeigen ihm den Stinkefinger, während sie ihn überholen.

Wahrscheinlich fährt er nur so langsam, um seiner Freundin damit den endgültigen Todesstoß zu versetzen. Die könnte gerade mal wieder schreien vor Verzweiflung und Langeweile und würde sich am liebsten auflösen, auflösen wie ein Rauchring. Vielleicht wäre alles anders gekommen, wenn sie Kinder bekommen hätten. Aber seine Spermienqualität ist schlecht, sehr schlecht, da kommt nix bei raus, und schon gar keine Kinder. Nun kriechen sie langsam wie sein schlechter Samen Richtung Italien, die Scheißkarre qualmt und dampft und raucht und zischt, eine pechschwarze Fahne – mindestens eine Tonne Kohlenmonoxid pro Stunde – quillt aus dem verrosteten Auspuff. In einem fort wird er per Hupe oder Lichthupe darauf aufmerksam gemacht. Sofort rechts ran, raus aus dem fließenden Verkehr, verschrotten! Interessiert ihn aber nicht, eisern fährt er weiter. Jetzt sogar extra *noch* langsamer, Tempo 85. Sie sind bereits seit sechseinhalb Stunden auf der A7 unterwegs und erst auf Höhe Fulda. Ihr ist schlecht, eine brodelnde, sich über Stunden hebende und senkende Übelkeit. Sie kann seinen moschusartigen, zwiebeligen Schweißgeruch nicht mehr ertragen und das ewige Gerülpse. Immer wenn er aufstößt, riecht es nach verdorbener Hühnersuppe.

Sie hat keinen Führerschein, sonst würde sie bei einem Fahrerwechsel das Gaspedal bis zum Anschlag durchdrücken und die verfickte Kackschüssel zum Glühen bringen, auf 170, 180, 190, was der Vierzylinder gerade noch hergibt, Volllast, bis die Reifen platzen, die Scheiben bersten, der Motor explodiert, Wagen und Insassen in hellen Flammen aufgehen. Das wäre ein schönes Ende.

Eine Druckwelle steigt in ihr auf und zieht durch den Oberkörper, kalt aufzuckende Angst, ihr Brustkorb wird hart und eng, ihr wird schwarz vor Augen, die Finger fieberheiß mit eiskalten Spitzen, Hände und Beine zittern.

Ihr Zerreißpunkt ist erreicht, genau jetzt. Sie muss dem hier, dem sinnlosen, schrecklichen gemeinsamen Leben, ein Ende setzen. Mit beiden Händen greift sie ins Steuer und reißt den Wagen nach links vor einen Laster, der gerade zum Überholen ansetzt. Sie will, dass ihr Wagen von dem Dreißigtonner überrollt, zermalmt, auf die Größe eines Schuhkartons zusammengequetscht wird. Mit aller Kraft umklammert sie das Lenkrad.

Mike, der ein paar Sekundenbruchteile braucht, um zu begreifen, was sie vorhat, haut ihr seine Faust mehrmals mit voller Wucht ins Gesicht. Marion muss loslassen, er bringt das Fahrzeug im letzten Moment zurück in die Spur. Sie blutet, wimmert und winselt wie ein sterbender Hund.

Der Regen hat aufgehört, die Sonne knallt auf die nasse Fahrbahn und glitzert in den Tropfen, die auf der Frontscheibe zittern. Mike fährt weiter, als sei nichts gewesen. Er reduziert das Tempo schrittweise bis auf 60. Das wird sie ihm büßen, lange, sehr lange, bis ans Ende aller Tage, ans Ende aller Zeit. Die kann sich gar nicht vorstellen, *wie* langsam er fahren wird, sie werden nie ankommen, weder in Südtirol noch sonst wo. Sie fahren und fahren und fahren, und durch ein Loch im Universum sickert jetzt die Dunkelheit wie flüssiger Teer.

Über den Wolken

Ende März, Frühmorgens um sechs. In Sichtweite der Autobahn A13 Berlin–Dresden, kurz vor der Ausfahrt Bronkow, steht eine einzelne 3-Megawatt-Onshore-Windkraftanlage, die weit in den Himmel ragt.

An eines der drei kreisenden Rotorblätter ist ein Mann gebunden, was ein bisschen aussieht wie Jesus am Kreuz. Der Mann ist vollkommen durchnässt, die Kleidung hängt ihm in Fetzen herunter, die Knöchel sind blau, an einigen Stellen schwarz, wer weiß, wie lange der da schon hängt. Sein Gesicht, von der Kälte aufgedunsen, rot wie eine Rübe, sieht aus wie das einer staunenden Puppe. Tot, der *muss* doch tot sein, das hält doch keiner lange aus. Wahrscheinlich fällt man bereits nach wenigen Umdrehungen in Ohnmacht, aus der man nicht wieder erwacht.

Doch der Mann ist nicht tot, immer wieder öffnet er kurz die Augen. Er kann nicht begreifen, was hier vor sich geht. Der Wind ist wie eine Mauer aus Eis. In der Nacht musste er sich immer wieder übergeben, bis nur noch eine schleimige, grünliche Flüssigkeit kam. Sein Kopf droht zu platzen, alles besteht aus flackernden Spiralen, grellen Lichtpunkten, wie Eisenspäne, die sich nach dem Magneten hin richten. Stundenlang hat er geschrien, gehofft, dass ein Autofahrer, ein Landwirt, ein Spaziergänger ihn hört. Nun kann er nur noch krächzen, seine Stimme klingt wie ein zersprungenes Instrument, eine Stimme nach dem zweiten Stimmbruch, ein Wunder, dass da überhaupt noch was rauskommt. Erbarmungslos dreht sich das Rotorblatt mit fünfzehn Umdrehungen pro Minute.

Wie haben die Täter (es *müssen* mehrere gewesen sein) ihn dort bloß hochgeschafft? Ob die sich irgendwo in der Nähe an dem schauerlichen Bild ergötzen? Oder sind sie längst über alle Berge? Wer macht so was? Drogenberauschte Jugendliche, Sadisten, Verrückte?

Es muss etwas anderes sein. Die Täter haben das doch extra so in Szene gesetzt, dass es aussieht wie die Kreuzigung. Eine echte Hölle ist das, wahrlich eine Strafe biblischen Ausmaßes. Was hat der Arme nur verbrochen, dass er so büßen muss?

Gegen 8.30 setzt dünner Schneefall ein, mit vereinzelten Flocken, die durch das Licht treiben und dann unsichtbar davonschweben. Seine Körpertemperatur beträgt nur mehr 28 Grad, das hält er nicht mehr lange durch. Noch einmal macht er die Augen auf, sein Blick wird weiß. «Dass ich auch immer in solch missliche Lagen geraten muss», denkt er noch und hat schon wieder vergessen, warum er hier hängt.

Borstelgrilleck

Im Borstelgrilleck angefangen hatte Anja mit Mitte zwanzig, kurz nach ihrer Scheidung, nach jahrelangem, zähem Kampf. Sie und Marcel hatten sich seit dem Sandkasten gekannt und geheiratet, sobald sie volljährig war. Doch nach fünf Jahren war die Ehe am Ende, es war wohl einfach zu früh gewesen. Ob es anders gelaufen wäre, wenn sich ihr Kinderwunsch erfüllt hätte? Darüber denkt sie oft nach.

Einen anderen hatte es nicht gegeben, sie war Marcel die ganzen Jahre treu gewesen. Dabei hatte es an Angeboten weiß Gott nicht gemangelt, so, wie sie aussah. Pin-up-Girl, hübsches Mädchen von nebenan / von Seite eins, Bauernkalenderschönheit, die eine oder andere Miss-Wahl hätte sie wohl gewonnen, wenn sie denn teilgenommen hätte. Es wollten wirklich *alle* mit ihr ins Bett, kein Mann, der es nicht wenigstens versucht hätte. Sie war so jung. Das Wichtigste an ihr.

Als es dann endlich überstanden war mit Marcel (nach einer Stalking-Phase direkt im Anschluss an die Trennung, in der er sie so schlimm terrorisierte, dass sie das Schlimmste befürchten musste, hatte er sich zum Glück neu verliebt und von ihr abgelassen), hätte sie die freie Auswahl gehabt. Sie hätte sich austoben, das Versäumte nachholen oder sich eine gute Partie angeln können. Aber das wollte sie auf keinen Fall: sich gleich wieder in die Abhängigkeit zu einem Mann begeben. Also zurück in ihren alten Beruf als Bäckerin, lernen, auf eigenen Füßen zu stehen, und dann in aller Ruhe weitersehen. Doch schon nach ein paar Tagen bekam sie allergisches Asthma. Eine Mehlstaubunverträglichkeit, wie sich herausstellen sollte, die hatte sich unbemerkt entwickelt oder so, kann man nix machen. Und nun? Ihre Eltern unterstützen sie, gerne, natürlich, sie bezieht ihr altes Zimmer, ist ja nicht für lange.

Montag zieht sie ein. Donnerstag besucht sie zum ersten Mal das 200 Meter entfernte Borstelgrilleck, das vor knapp zwei Jahren in den Räumlichkeiten der «Schlachterei Bruhn» eröffnet hat. Seit Ewigkeiten hat sie kein Schaschlik mit Pommes oder Wurst mit Pommes oder Grillhähnchen mit Pommes oder Salat mit extra viel Ascorbinsäure gegessen, da hätte sie mal wieder richtig Lust drauf. Sie kommt gleich mit dem Chef ins Gespräch, klagt ihr Leid mit der Allergie, und der weiß prompt die Lösung: Den dummen Wassilij, die Aushilfe aus Weißrussland, hat er gerade rausschmeißen müssen, unzuverlässig, faul, frech, Russe eben. Wie wär's, wenn du, darf ich du sagen? – Ja klar! – hier anfängst? Vielleicht keine schlechte Idee, denkt sie, die Arbeitszeiten sind zwar doof, dafür ist der Stundenlohn ganz okay, und für lau essen kann sie auch. Wär ja sowieso nur für den Übergang, alt werde ich hier nicht. Also schlägt sie ein, high five.

So eine wie sie im Borstelgrilleck, das ist eine kleine Sensation, da weiß man gar nicht, wo man zuerst hingucken soll. Schon gehört, da arbeitet jetzt diese Sexbombe im Borstel, die Blonde in den engen Jeans, den engen Blusen, mit der schmalen Taille, Brüste, Hintern, Mund, alles, die reine Versuchung, der dralle Braten, ja leck mich am

Arsch. Umsatzsteigernd, imagesteigernd, der Laden läuft gut wie nie.

Aus ein paar Wochen werden Monate, ein Jahr, zwei, drei. Irgendwie schafft sie den Absprung nicht. Wenn man sie fragt, sagt sie, dass sie so bald wie möglich aufhören möchte, dafür sei sie nicht gemacht. *Wofür* sie gemacht ist, scheint sie allerdings auch nicht so genau zu wissen.

Anja sieht nach vier Jahren zwar immer noch gut aus, zwei, vielleicht zwei minus, aber den lieben langen Tag im Pommesmief, Schaschlikmief, Wurstmief, Frikadellenmief, das ohrenbetäubend laute Gezischel des siedenden Fetts, die Luft gesättigt mit Sorbinsäure, Benzoesäure, Milchsäure, Geschmacksverstärkern, Natriumnitrit, Farb-, Antioxidations- und Konservierungsmitteln, das Frittierfett, das die Poren verstopft, die Nachstellungen des Chefs, die anzüglichen Sprüche der Kunden, die ungünstigen Arbeitszeiten, die Kälte in den immer schwerer werdenden Beinen, das tiefgefrorene Grillgut, das sie allein aus dem Keller wuchten muss, ihr fehlen Sonne, Luft, Natur, Land und Leute. Der Laden oder sie, so viel ist bald klar, darauf läuft es hinaus.

Doch das Borstelgrilleck erweist sich auf längere, auf lange Sicht als unbezwingbarer Gegner. Er wirkt auf sie wie Gift, schwach dosiert zwar, aber dafür in regelmäßigen Gaben. Nach fünf, sechs Jahren sieht sie gar nicht mehr so geil aus. Der Chef verliert das sexuelle Interesse an ihr, das findet sie an sich prima, aber dafür ist es um die Kundenzufriedenheit bald nicht mehr gut bestellt. Sie macht immer häufiger Fehler, die Pommes sind versalzen oder nicht salzig genug, das Schnitzel oder Hähnchen ist nicht durch, der Salat vergoren, Majonäse ranzig, irgendwas ist immer. Sie vergisst Bestellungen oder bringt sie durcheinander, verrechnet sich, lässt dauernd was fallen; zu oft die immer gleichen Handgriffe, Kopf und Körper kommen ganz durch den Tüddel. An manchen Tagen wollen ihre Beine nicht aufhören zu zittern, selbst dann nicht, wenn sie die Hände auf die Schenkel presst. Solange sie noch jung und schön war, hat man ihr das durchgehen lassen, jetzt nicht mehr.

Dem Chef kann das harte Imbissleben anscheinend nichts anhaben. Er ist sechzig, aber immer noch voll da. Wie Skilehrer oder Bergführer oder Fitnesstrainer oder Senioren-Bodybuilder, gesund, kernig, bombig drauf, dem Leben zugewandt. Wie macht der das bloß?

Dann kommt der auf die bauernschlaue Idee, die Putzfrau einzusparen. Anja macht das bestimmt auch noch mit, denn sie ist, wie es scheint, hier endgültig hängengeblieben, eine Wahl hat sie wohl nicht. Nach Geschäftsschluss um zehn muss sie also auch noch den Laden picobello auf Vordermann bringen; sie ist jetzt die Erste, die kommt, und die Letzte, die geht. Der Chef lehnt sich zurück, aber er kann es sich ja erlauben, zu kommen und zu gehen, wann es ihm passt. Dafür trägt *er* schließlich die Verantwortung, er muss sich um den Einkauf, die Buchhaltung kümmern, strategische, taktische, alle möglichen Entscheidungen treffen, usw. In der freien Wirtschaft, klärt er Anja auf, zählen *Ideen*. Wenn ihr das hier nicht passt, soll sie doch ihr eigenes Grilleck aufmachen, Deutschland ist schließlich ein freies Land. Viel Spaß, viel Glück und alles Gute schon mal. Seine sanft raunende Stimme ist schleimig, im wahrsten Sinne des Wortes. Darauf fällt ihr nichts ein, was soll sie da schon sagen. Also tut und macht und schuftet sie sich dumm und dümmer und krumm und krümmer, elf, zwölf Stunden täglich, sechs Tage die Woche.

Und wie sie mittlerweile aussieht! Dauernd lösen sich ihre Haare und hängen im heißen Fett, das Gesicht ist schrundig, faltig, seltsam starr, dreifach gestaffelte Tränensäcke, Haut gedunsen und rotfleckig, Wasser in den Beinen, Figur ruiniert vom Imbissfraß. Ihr Anblick ist den Kunden auf Dauer nicht zuzumuten, entscheidet der Chef, die muss weg vom Verkauf, vom Tresen, *hinter* die Frontlinie. Also wird sie verbannt, versetzt, zu Grill und Fritteuse, mit dem Rücken zur Kundschaft Pommes braten, Würste braten, Frikadellen, Schaschlik, Jäger- und Paprikaschnitzel, Hähnchen drehen. In ihrer Ecke herrschen mörderische Temperaturen, 40, 50, 60 Grad, vielleicht mehr. Als sie sich einmal umdreht, dem Chef die fertigen Portionen zu reichen, bekommt der einen Schrecken. Mein Gott, die sieht ja *noch mal* anders aus: rote, zitternde Nasenlöcher, verhedderte Augenbrauen, Wimpern, zwischen denen winzige Tuscheklümpchen haften. Ein dickes schmutziges Pflaster um die Daumen, blauschwarz aufgewölbter Nagel. Schlimm sieht das aus! Eklig. Wenn sich der Chef, der ihren Anblick ja gewohnt ist, schon erschrickt, wie soll es dann den Kunden gehen?

Auch hinten ist sie nicht mehr tragbar, die Leute können sie ja sehen. Jetzt ist guter Rat teuer. Entlassen will der Chef sie aber auch nicht. Die treue Seele, hat sich nun schon fast zwanzig Jahre aufgeopfert, aufgerieben, die kann er nicht rausschmeißen wie seinerzeit Wassilij oder die anderen Taugenichtse, trotz Chefsein ist er Mensch geblieben, harte Schale, weicher Kern. Aber er muss auch – und dann doch in erster Linie – ans Geschäft denken. Unten, der Keller, das wäre eine Lösung, das könnte man als letzte Chance mal probieren. Vorbereiten könnte sie *alles*: den hausgemachten Kartoffelsalat, Dressing anrühren, Ware stapeln, verschieben, kühlen, haltbar machen, Frikadellen und Schnitzel für den Ansturm am nächsten Tag anbraten, vorbraten, nach Ladenschluss sauber machen ja sowieso, danach, nachts, Ware in der Auslage mit Petersilienstengeln und Tomatenachteln appetitlich anrichten.

Ihre Eltern, beide schwerkrank, müssen ins Pflegeheim. Jetzt lebt sie ganz alleine in der großen, renovierungsbedürftigen Wohnung. Sie weiß, dass ihr nicht mehr viel Zeit bleibt, sie beobachtet jeden Tag im Spiegel, wie ihr Körper, nachdem er zunächst dicker und breiter wurde, nun den umgekehrten Weg nimmt und allmählich verschrumpelt. Wie ein Regenwurm, der beim Überqueren der glühend heißen Straße vertrocknet. Sie mag auch kaum noch was trinken, auf der Arbeit nimmt sie aus ihrer kleinen Mineralwasserflasche während der Schicht nur ein paar Schlucke. Trocken, trocken wie ein Schmetterlingsflügel, knochentrocken auch zwischen den Beinen, das früher so dichte Haar brüchig wie getrocknetes Gras und fein wie Spinnweben.

Wie lange hat sie mit niemandem mehr gesprochen? Drei Wochen, vier Wochen? Und, vermisst sie was? Nein. Ihr Mitteilungsbedürfnis ist gleich null. Auch benötigt sie weder Zuspruch noch Bestätigung. Schmerzfreie Schicksalsgleichgültigkeit.

Das Modell oben/unten bewährt sich. Der Chef ist zufrieden, mit allem, zufrieden mit ihr, die er allerdings schon lange nicht mehr *gesehen* hat. Außer ihren gummibehandschuhten, verkrüppelten Händen, wenn sie etwas heraufreicht, zusammen mit einer Wolke schwach urinösen Geruches.

Nur vor ihrer Stimme fürchtet er sich, dem heiseren Flüstern, das da manchmal von unten kommt.

Andersrum

Als er Mitte Oktober den *Prozess* zum ersten Mal wahrnahm, hielt er ihn für eine optische oder sonstige Täuschung; zu unwahrscheinlich war, was er da sah. Na ja, erst nur eine kleine, kaum sichtbare Veränderung, die keiner Beachtung wert schien. Genauer gesagt *bemühte* er sich, ihr keine Beachtung zu schenken. Guckt man nicht hin, verschwindet es von alleine wieder, so wie in der Kindheit ein schlimmer Traum, der aus dem Blut gelöscht wird, sobald man die Augen aufschlägt.

Ruhig, ruhig, denkt er, erst mal ’ne Nacht drüber schlafen, am nächsten Morgen ist sicher wieder alles an seinem Platz. Er betrinkt sich und pennt auf dem Sofa ein. Als er um die Mittagszeit mit einem mörderischen Kater erwacht, kann er erst mal an gar nichts denken. Nachmittags überfällt ihn siedend heiß die Erinnerung. Irgendwie *fühlt* es sich auch seltsam an. Keine Schmerzen, nur ein kleines, wanderndes Ziehen, wie bei einem Muskelkater. Oder was? Er traut sich nicht nachzuschauen. Er weiß auch nicht, ob er fühlt, was er fühlt, oder ob er es nur zu fühlen meint. Er verfällt in einen unangenehmen Dämmerzustand, seine Gedanken beginnen sich zu verwirren. Sie rasen im Kreis wie Hunde, die einer Hasenattrappe hinterherhetzen. Er wälzt sich hin und her, in allen erdenklichen Haltungen der Angst, der Hilflosigkeit, der Verzweiflung. Fest steht jedenfalls, dass da etwas Beunruhigendes vor sich geht. Plötzlich wird ihm schlecht, er stürzt ins Bad und übergibt sich. Dann legt er sich ins Bett, schließt die Vorhänge und zieht das Deckbett über beide Ohren. Hat er ewig nicht mehr gemacht. Als die Dunkelheit über ihm zusammenschnappt, gerät er in Panik, er tritt die Decke weg und bleibt bewegungslos auf dem Rücken liegen, die Augen starr an die Decke gerichtet. Gegen Mitternacht erlöst ihn endlich der Schlaf.

Am nächsten Morgen hält er es nicht mehr aus. Er stellt sich im Badezimmer nackt vor den großen Spiegel. Sicher fünf Minuten begutachtet er sich gründlich, von allen Seiten. Entsetzlich. Um etwa zwei Zentimeter, schätzt er, ist es vorangeschritten. Kein Zweifel möglich. Ein Albtraum. Er ruft in der Firma an und meldet sich krank, trinkt durcheinander Rotwein, Sekt, Schnaps, schaut fern, Anrufe und Nachrichten ignoriert er. Kurz vor acht Uhr abends verlässt er im Schutz der Dunkelheit die Wohnung, um einzukaufen, genug für zwei oder drei Wochen.

Um den fünften Tag herum verschwindet das Ziehen. Vielleicht, hofft er, hat sich das verlangsamt, ist zum Stillstand gekommen, hat sich gar umgekehrt, und in einer Woche ist alles wieder beim Alten. Wieder zieht er sich nackt aus und stellt sich vor den Spiegel, was er in der Zwischenzeit vermieden hat. Von wegen gestoppt! Es sind jetzt sicher sieben oder acht Zentimeter. Ein Ende ist nicht in Sicht. Nichts ist in Sicht. Etwas Grundsätzliches ist verschwunden, das Leben fällt auseinander.

Seine Recherchen ergeben, dass es offenbar keinen einzigen anderen Fall gibt, der seinem auch nur ähnelt. Zumindest ist keiner dokumentiert. Er googelt *Arzt, gentechni-*

sche Veränderungen, Erbschädigungen, Mutationen und bekommt noch am gleichen Tag einen Termin bei dem als Koryphäe auf seinem Gebiet anerkannten Dr. v. L. Doch noch im Wartezimmer verlässt ihn der Mut; er *weiß*, dass ihm kein Arzt der Welt helfen kann. Als sein Name aufgerufen wird, hat er schon das Weite gesucht.

Wie soll die Diagnose lauten von etwas, das es (noch) nicht gibt? Seltene *Syndrome* werden in der Regel nach ihrem Entdecker benannt: Gaucher-Syndrom. Hutchinson-Gilford-Progerie-Syndrom. Morbus Recklinghausen. Er würde darauf bestehen, dass es in diesem Fall nach dem Leidtragenden benannt wird. Das Pohl-Syndrom (er heißt Rainer-Peter Pohl). Wäre ja noch schöner, wenn der Arzt die Lorbeeren einheimst.

Schicksalsergeben wartet er, bis der Vorgang (er nennt es jetzt Vorgang) abgeschlossen ist. Er weiß genau, wie und wo es enden wird. Die Fenster seines Schlafzimmers lässt er nachts offen, das gleichbleibende, dumpfe Rauschen des Verkehrs übt eine außerordentlich beruhigende Wirkung auf ihn aus. Wie lange hat er eigentlich mit niemandem mehr ein Wort gewechselt? Es kommt ihm vor, als habe er noch niemals mit einem anderen Menschen gesprochen. Er fühlt sich wie ein Toter, einer, der schon als Leichnam zur Welt gekommen ist. Er verflüchtigt sich und verliert seine Konturen. Auch seine Vergangenheit verflüchtigt sich und verliert ihre Konturen. Nach drei Monaten ist es so weit.

Rainer-Peter Pohl ist nun der einzige Mensch, bei dem der Arsch vorn und der Schwanz hinten ist.

Er arbeitet wieder beim *KFZ Gutachter und Sachverständigen Büro Hamburg*. Den Schwanz bindet er ab, und seinen Hintern könnte man auch für einen besonders tief sitzenden Bauch halten. Er hat sich ziemlich schnell dran gewöhnt, dass auf der Toilette alles umgekehrt ist. Gelegentlich, sehr selten, befriedigt er sich, das ist ziemlich anstrengend. Natürlich hat er sich mit dem Gedanken getragen, an die Öffentlichkeit zu gehen, den Fall publik zu machen, er wäre ein gemachter Mann; aber den Rummel und die Aufmerksamkeit würde er nicht ertragen.

Als KFZ-Sachverständiger trägt er schon von Berufs wegen weite Sachverständigenkittel, was von Vorteil ist, die *Tarnung* nämlich enorm erleichtert. Er lässt sich einen Bart stehen, das verleiht ihm zusätzlich noch ein schwer zu beschreibendes Gefühl von Sicherheit. Sollte tatsächlich mal jemand Verdacht schöpfen, würde derjenige ihn sicher sofort wieder verwerfen; der Mensch neigt ja bekanntlich dazu, nur das zu glauben, was er sich vorstellen kann, Psychologie. Er wird zu Lebzeiten nicht mehr auffliegen, davon ist er überzeugt. Posthum wird er dann berühmt werden. Was für Augen die Leichenwäscher (er stellt sich vor, dass die Leichenwäscher – gibt es so was überhaupt noch? – die ersten sind, die ihn nackt zu Gesicht bekommen) wohl machen, wenn sie die Bescherung sehen?! Vielleicht, nein, sicher, wird sein Schicksal verfilmt und / oder ein Buch darüber geschrieben. Angenehmer Gedanke. Ganz zufrieden geht er nach Hause. Der große, stille, blaue, leere Himmel, denkt er, wie schön der manchmal ist.

Nutten mit Kaffeefahne

In einem Mehrfamilienhaus am Stadtrand ein Puff. Fünf Zimmer, große Küche, zwei Bäder. P. besucht den zurzeit zwei-, dreimal im Monat, sooft er es sich leisten kann mit seinem mittleren Angestelltengehalt. Er ist ein unauffälliger Typ, der ein unauffälliges Leben führt. Niemand würde auf die Idee kommen, dass er begeisterter, wirklich ganz und gar begeisterter Puffgänger ist, seine in Wahrheit einzige Leidenschaft Puffbesuche sind (Straßenstrich / Haus oder Hotel lehnt er ab). Er kennt sich gut aus, schaut sich täglich im Netz um nach News (irgendwann, das ist so sicher wie das Amen in der Kirche, wird er vergessen, den Suchverlauf zu löschen. Dann ist vielleicht was los, seine Frau hat ja keine Ahnung), wechselt regelmäßig Etablissements und Frauen. Am liebsten geht er gleich morgens, um elf oder zwölf. Ihm ist wichtig, der erste Kunde zu sein. Die Prostituierten sind dann, verrät er, noch *frisch* und gut gelaunt. Wie andere Arbeitnehmer eben auch. Das sei keineswegs böse oder menschenverachtend gemeint, auch wenn es vielleicht so klinge. Neulich habe eine 'ne richtige *Kaffeefahne* gehabt. Was ihn an seinen letzten Zahnarztbesuch erinnert habe, der Zahnarzt hatte auch nach Kaffee gerochen, wohl gerade seine Tagesration inhaliert, blendend gelaunt, wie der war. So sei es im Puff eben auch, die Frauen kommen eine halbe oder Dreiviertelstunde vor Schichtbeginn, und frühstücken erst einmal in aller Ruhe. Manchmal vergessen sie, sich dann die Zähne zu putzen, und wenn der erste Freier kommt, haben sie eine Kaffeefahne oder Brötchenkrümel in den Mundwinkeln oder Eigelb unterm Kinn. Eben das ganze Gegenteil von Champagner und Koks oder wie sich Lieschen Müller das im Puff so vorstellt.

Der Strand der Versehrten

Insel Usedom, Mitte Juli, zehn Uhr morgens. Die Sonne bringt den Tag schon zum Kochen. In einem etwa einen Kilometer langen Strandabschnitt liegen sehr viele, meist ältere Menschen mit Handikaps und Einschränkungen, es ist eine wirklich erstaunliche Anhäufung von Haltungsschäden, Deformationen, sichtbaren Rheuma-, Gicht- und Diabetes-Folgen, missglückten Knie- und Hüft-OPs. Mit zusammengebissenen Zähnen watscheln, kriechen, torkeln sie über den Strand. Einige können sich gar nicht mehr selbständig fortbewegen, müssen von Verwandten oder Pflegepersonal geführt werden. Eine kakaduhaft aufgedonnerte Frau braucht für die wenigen Meter von der Strandpromenade bis zu ihrem Strandkorb zehn Minuten, immer wieder bleibt sie stehen, um zu verschnaufen. Das überschminkte Gesicht verzerrt, der Speichel an ihren Mundwinkeln zu kleinen weißen Kügelchen geronnen. Schließlich lässt sie sich in ihren Korb fallen und rührt sich minutenlang nicht vom Fleck. Auch um sie herum liegen die Leute auf Badetüchern, in Strandkörben und auf mitgebrachten Campingliegen wie die Opfer eines Gasangriffs.

Gegen eins kommt Leben in die Menschen. Sie verschwinden in den unzähligen die Promenade säumenden Restaurants, um ihr Mittagessen einzunehmen: Eisbein, Kotelett,

Bratwurst, Schnitzel, Hähnchen. Üppig, heiß und fettig. Die Männer trinken Bier, die Frauen Bier oder Cola.

Ein Ehepaar um die sechzig stopft sich im Akkordtempo voll, bis nichts mehr geht, eine Unterhaltung ist währenddessen nicht möglich. Neben den groben Kaugeräuschen sind helle, feuchte Laute zu hören, leises Zermalmen, Zuschnappen der Kieferknochen, die vielen Schlucktöne, abgründige Laute in Kehle und hinterem Rachenraum. Dazu stetiges, anscheinend nicht mehr abstellbares Röcheln, Schnaufen, Stöhnen und leises Wehklagen. Wie alles andere scheint auch das Essen eine Qual zu sein. Nachdem sie fertig sind, bleiben sie noch eine Weile in ihre Stühle eingesunken sitzen und starren benommen vor sich hin. Sie haben das Stadium des sturen Weiterlebens erreicht. Das Ende verspricht zu kommen, trifft aber nie ein, weiter fallen, Jahre, vielleicht Jahrzehnte.

Dann geht's auf tauben, wasserschweren, kaputten Beinen zurück zum Strand, Sieden unter dem kochenden Himmel, unter einem gleichmäßigen, blendenden Licht, das jetzt fast horizontal herabströmt.

In Sichtnähe ein Yogakurs, Wochenendseminar. Die Teilnehmer sind in allem das genaue Gegenteil der Versehrten. Unendlich gedehnt, gesund, jung, schön, fröhlich, wissen, was sie wert sind, ohne den Schatten eines Zweifels, dass das Universum einzig für sie erschaffen ist.

Auf der anderen Seite des Schützengrabens die Steifen, deren Bewegungsradius auf nur noch wenige Meter geschrumpft ist, krank, alt, dick, verzweifelt. Mahnende Beispiele, ja nie mit dem Rauchen und Fressen und Saufen und Fernsehen und Wichsen und mit kranken, ungesunden, stumpfen, sinnlosen, zu nichts führenden Gedanken anzufangen. Die dem Leben Zugewandten mustern die dem Tode Geweihten mit dem Blick, den Glückliche denen vorbehalten, die Pech mit ihrem Leben gehabt haben. Aber das Mitleid hält sich in Grenzen, denn deren Unglück ist zu 99,9 Periode selbstverschuldet.

Die Kranken sind ganz aufgewühlt vom Hass auf die Gesunden. Wenn doch nur eine Bombe explodierte oder ein irrer Attentäter käme, sie niederzumähen, oder der weiße Hai persönlich aufkreuzen würde.

Um 17.30 leert sich der Versehrtenstrand, während die Yogis weitermachen, lange, sehr lange noch die Glieder dehnen, minutenlang in Stellungen verharren, in denen die Elenden sofort stürben.

Doch die kriegen davon nichts mehr mit, sondern fressen und saufen sich in den Schlaf. Ein paar der Kräftigeren spielen noch ein wenig an ihren Geschlechtsteilen herum und grübeln darüber nach, was kommen wird, nach dem Ganzen hier und allem und der Hitze. Die nächste Welt wird kalt sein, so kalt wie die Räume zwischen den Sternen.

Jenny Müller

Er lernt Jenny im Mai 1991 kennen. Bildhübsch, zwanzig Jahre alt, gut durchblutet und glücklich; ein Traum in süß, Krankenschwester (drittes Lehrjahr) in Bad Bevensen, einem Kurort in der Lüneburger Heide. Tobias besucht sie dort ein paarmal. Bei einem Durchschnittsalter von ungefähr einhundertvier ist das Angebot für junge Leute in Bevensen überschaubar, egal, sie unternehmen Spaziergänge, gehen essen – ein Italiener findet sich immer –, einmal fahren sie ins Kino nach Uelzen.

Sie besucht dann auch ihn. Er holt sie vom Bahnhof ab, nimmt sie mit einem großen Blumenstrauß in Empfang. Als sie nachmittags spazieren gehen, erzählt sie, dass sie *ursprünglich* aus der DDR, vielmehr der ehemaligen DDR, stammt. Und damit rückt sie erst jetzt raus! «Burg, bei Magdeburg, kennst du?» – «Burg nicht, aber Magdeburg, ja natürlich, ich war allerdings noch nicht da.» Jenny aus dem Osten! Das hätte er nicht gedacht, nicht *für möglich* gehalten! Die Zonis erkennt man sonst doch auf den ersten Blick und spätestens wenn sie den Mund aufmachen. Was für bescheuerte Vorurteile, kanns ma sehen. Obwohl die Mauer seit bald zwei Jahren Geschichte ist, war er immer noch nicht drüben.

Abends ist ein Zug durch die Gemeinde geplant. Vorher verschwindet sie im Bad, um sich zu *restaurieren*, wie sie sagt. Als sie nach einer Stunde rauskommt, kriegt er einen

Schrecken: Zugekleistert bis oben hin! Zentimeterdickes, dunkles, feucht aussehendes Make-up auf ihrem zarten Gesicht, nuttenkurzer Minirock und High Heels, auf denen sie kaum laufen kann. Eieiei, denkt Tobias, der Look ist wohl ein Relikt aus Ostzeiten, hierzulande laufen doch höchstens Asis oder Gewerbliche so rum. Er wird ihr bei Gelegenheit stecken, dass sie *ganz natürlich* viel hübscher ist und es, wenn überhaupt, allenfalls dezenter Nachhilfe bedarf. Aber dafür braucht es Fingerspitzengefühl, er will sie auf keinen Fall vor den Kopf stoßen, wer weiß, wie sie reagiert. *So* gut kennen sie sich schließlich noch nicht.

Der Abend wird schön, sehr schön sogar. Im Club sind sie die Einzigen, die eng an einandergeschmiegt tanzen. Sweet. Aufregend. Sexy. Die Leute hier im Westen sind ja alle zu cool für Engtanz. Er ist begeistert von seiner *erfrischend unkonventionellen* Jenny, die macht, was sie will, und sich einen feuchten Kehricht um irgendwelche Großstadt-Benimmregeln schert. Und so umwerfend fröhlich, ansteckend, wo er doch mehr der nachdenkliche Typ ist. Gegensätze ziehen sich eben an.

Sie übernachtet bei ihm, in seinem Bett, aber zum Sex kommt es nicht. Ein wenig müsse er sich gedulden, flüstert sie, er werde schon merken, wann es so weit ist. Aber es genügt ihm auch vollkommen, sie zu küssen, ihre unfassbar weiche Haut zu streicheln und zu spüren, wie sich ihre Rippen unter seinen Fingern dehnen. Eng eingekuschelt schlafen sie ein.

Nach einem ausführlichen Frühstück bringt er sie zum Bahnhof. Sie hat Nachtdienst, dabei wäre sie so gerne noch geblieben. Als sie sich zum Abschied umarmen, kommen ihr die Tränen. Er wünschte jetzt nichts mehr, als dass sie seine Freundin wird, und muss sich auf die Zunge beißen, um ihr nicht jetzt und hier und gleich eine Liebeserklärung zu machen; aber bloß nichts überstürzen, der richtige Moment wird schon kommen.

In den nächsten Tagen telefonieren sie oft und lange. «Ich möchte dich so schnell wie möglich wiedersehen.» – «Ich dich doch auch!» Kaum haben sie aufgelegt, ruft sie wieder an und schlägt vor, über Pfingsten – das ist ja schon kommendes Wochenende! – in ihre alte Heimat zu fahren. Sie will ihren Vater besuchen und würde sich riiiiiesig freuen, wenn er mitkäme. Mmh, ein Antrittsbesuch, jetzt schon? Sie sind doch noch gar nicht zusammen. Oder doch? Eben! Was sollen sie denn sonst sein? Beeindruckend, wie seine kleine Jenny Nägel mit Köpfen macht. Er stellt sich vor, wie sie bei ihrem ersten Mal ganz leise sein müssen, damit die Eltern nebenan nichts mitkriegen. Und natürlich ist der Ausflug eine Gelegenheit, endlich mal die DDR kennenzulernen.

Er holt Jenny an einer Bushaltestelle in der Nähe der Diana-Klinik ab. «Ich freu mich so, dass du mitkommst.» – «Ich mich auch. Schön wird das. Ich bin gespannt. Du hast übrigens noch so gut wie gar nichts von deinen Eltern erzählt.»

Die seien schon lange getrennt, sagt sie. Zur Mutter habe sie so gut wie keinen Kontakt, dafür sei der zum Vater umso besser. Lothar sei gelernter Fahrzeugschlosser und betreibe seit der Wende einen Gebrauchtwagenhandel. Bekanntlich sei Gebrauchtwagenhandel in der ehemaligen DDR ein lohnendes Geschäft, da die Trabis in den nächsten Jahren alle durch Westautos ersetzt würden. Andere Goldgruben: Videotheken, Sonnenstudios. «Hab ich auch schon von gehört.»

Ja. Lothar lebe wieder in einer Partnerschaft, Mandy, seine Freundin, habe in zwei Jahren allerdings drei Fehlgeburten erlitten. Wo sich Lothar doch so sehr ein zweites Kind wünsche. Jetzt sei sie wieder schwanger, Daumen drücken. Tja, sagt Tobias, wolln mal hoffen. Jenny drückt seine Hand, küsst ihn auf die Wange. Das fühlt sich gut an. Er ist stolz darauf, dass sie ihm das anvertraut. Jenny ist nämlich keine, die jedem gleich alles auf die Nase bindet, überhaupt nicht.

Sie passieren die ehemalige innerdeutsche Grenze, und dann sind sie drüben. Sieht ja schlimm aus, denkt Tobias, grau in grau, Schutt und Asche, als würden beim Fernseher Farben und Kontraste rausgedreht. Gar so trist hatte er sich das nicht vorgestellt. Leichte Übelkeit steigt in ihm auf. Vielleicht der Fisch vorhin.

Lothar und Mandy warten vor dem Haus. Auf dem hinteren Teil des Grundstücks von *Lothars Autohof*. Da hat er wenigstens keine langen Arbeitswege, denkt Tobias. Vater und Tochter fallen sich in die Arme und wollen gar nicht loslassen, Tobias und Mandy stehen etwas verlegen daneben. Lothar, knapp eins siebzig, untersetzt, kräftig; mit seinem Minipli, der Goldkette und dem grünlich-bläulich schimmernden Riesenschnauzer sieht er aus wie ein Hamburger Lude aus den Siebzigern. Sein Schraubzwingen-Händedruck bricht Tobias fast die Hand, soll wohl auch, ein erster Test. Seltsam sieht das aus, die klobigen Finger scheinen direkt von den Unterarmen abzugehen, ohne Hände dazwischen.

Bereits im Flur schlägt ihnen ein penetranter Geruch von kaltem Rauch entgegen. Lothar möchte vor dem Abendbrot schnell noch eine durchziehen, auf der Terrasse. Jenny hinterher, während Nichtraucher Tobias das Gepäck aus dem Auto holt und Mandy sich in die Küche verzieht.

Zehn Minuten später wartet im Wohnzimmer eine fein säuberlich auf einem Silbertablett angerichtete, aus diversen Wurstsorten (Blutwurst, Leberwurst, Mettwurst, Jagdwurst, Grützwurst), Schinken, Presssack, Schmalz, und Speck zusammengestellte *Schlachtplatte.* Dazu Brot und Butter, sonst nichts. Obst, Gemüse, Käse – Fehlanzeige, Fehlanzeige, Fehlanzeige. Noch nicht mal ein paar Tomatenachtel oder Petersilie zur Dekoration. Zu trinken gibt es Milch. Im großen, schweren Aschenbecher aus dunklem Rauchglas liegt etwa ein halbes Dutzend Kippen. Aha, denkt Tobias, offenbar wird hier auch *während* der Mahlzeiten geraucht. «Einen recht guten Appetit» wünscht Lothar und schenkt sich ein großes Glas Milch ein, das er in einem Zug leert. Milch. Ob es wohl auch Mineralwasser gibt? Limo? Bier? Besser nicht gleich durch dumme Fragen sich unbeliebt machen, denkt Tobias. Jenny schmiert dick Leberwurst aufs Brot, schichtet Blutwurstscheiben darüber und verteilt großzügig Senf auf dem Arrangement. Das zarte Persönchen, denkt Tobias, so ein Fleischinferno passt doch gar nicht zu ihr. *Er* bekommt so gut wie nichts hinunter mit seinem verkorksten Magen. Lothar, der als Zeichen seiner Dominanz die Beine unter dem Tisch weit gespreizt hat, äugt misstrauisch zu ihm herüber. Ist wohl etwas empfindlich, der West-Bauch, haha.

Irgendwie feucht und muffig hier, denkt Tobias. Und dunkel. Kein Wunder, das Zimmer ist zugestellt mit Schränken und Kommoden, Kacheltisch, Sitzgruppe, Ohrensessel und dem alles *überschattenden* Mittelpunkt, einer WOHNWAND. Oder wie heißen solche bedrückenden Eiche-rustikal-Ungetüme? Schranklandschaft? Wohnlandschaft? TV-Landschaft? Irgendwas mit Landschaft jedenfalls. Blickfang des Was-auch-immer ist ein auf einem riesigen VHS-Videorekorder der mutmaßlich ersten Generation ruhender, noch riesigerer Röhrenfernseher. Gegenüber der WAND ein Bücherregal, in dem allerdings *kein einziges* Buch steht. Stattdessen Videokassetten dicht an dicht an dicht. So was hat man ja überhaupt noch nicht gesehen, denkt Tobias. Lothar steht auf, wechselt die Kassette, drückt auf *record* und setzt sich wieder. Der nimmt anscheinend den ganzen Tag auf, denkt Tobias, Tag und Nacht, Nacht und Tag. Wann wird das Material denn gesichtet, wenn doch *auch* noch der Fernseher im Dauerbetrieb läuft? Verrückt, das ist ja verrückt hier.

Alle bis auf Tobias starren gebannt in die ohne Ton laufende Röhre. SAT 1, eine Komödie mit Eddie Murphy. Es ist nichts zu hören außer leisem Besteckklappern, Kau- und Schlürfgeräuschen. Wenn bei Tisch nicht gesprochen wird, denkt Tobias, kann man den Fernseher auch laut stellen. Bei ihm daheim wird der Fernseher ausgeschaltet, wenn Besuch kommt. Das heißt, er läuft gar nicht erst. Na ja, andere Länder, andere Sitten.

Nach dem Abendbrot geht's in eine Gaststätte. Mandy muss daheim bleiben, abwaschen, aufräumen, Haus hüten und dann ins Bett. Was soll sie auch in einer Kneipe, wo sie keinen Alkohol trinken darf. Noch eine Fehlgeburt, und es ist richtig was los. Außerdem wäre sie mit ihrem miesepetrigen Gesicht bei einem feuchtfröhlichen Abend fehl am Platz.

Die Kneipe heißt «Zum Holzwurm» und ist genau so, wie man sich eine Kneipe vorstellt, die «Zum Holzwurm» heißt. Lothar und Jenny, Herz und Seele, Fleisch und Blut, Topf und Deckel. Sie reden über die *guten* alten Zeiten.

Lothar verfällt immer wieder in Dialekt. Tobias hat Mühe, halbwegs mitzukommen. Aber er wird eh nicht ins Gespräch einbezogen. Vater und Tochter reden und plappern und scherzen und trinken und schauen sich dabei tief in die Augen. Moment mal, denkt Tobias, halt, stopp, *wer* ist denn hier das Liebespaar. Er greift unter dem Tisch nach Jennys Hand, die sich das gefallen lässt, ihm ihre Hand aber beim Griff zur nächsten Zigarette gleich wieder entzieht. Nach zwei weiteren Versuchen gibt er auf. Ihm ist jetzt nicht mehr nur *leicht*, sondern *kotz*übel. Lothar, nach vier Bieren richtig angezündet, ordert eine Runde Doppelkorn. Nächstes Thema / Zentral- / Generalthema: Gebrauchtwagenhandel, Autos, Verkehr. Obwohl kein einziger Satz auch nur eine Spur witzig, intelligent oder originell ist, hängt Jenny an den Lippen des erfolgreichen Unternehmer-Papas. Heute ist erst Samstag, denkt Tobias, wenn das bis Montag so weitergeht, bin ich tot.

Und noch ein Gedeck. Der will mich fertigmachen, denkt Tobias, ich muss was tun. Er versucht sich Lothar anzupassen, sich extra ruppig zu benehmen, dämliche Witze zu reißen, die passen *könnten*. Aber er kann nicht mithalten, mit Lothar kann keiner mithalten: «Ein Mann muss aus Muskeln bestehen. Und aus Samensträngen.» Er schaut dabei Tobias an. Seiner Meinung nach verfügt der nämlich weder über das eine noch das andere. Jenny grinst. Sie hat auch schon ordentlich einen im Kahn und schlägt sich im Zweifelsfall auf die Seite des Vaters. «Was ist der Unterschied zwischen Französisch und Altfranzösisch?» – «Äh, keine Ahnung.» – «Altfranzösisch ist ohne Zähne.» Da geht noch was: «Wie nennt man das Fettgewebe um die Vagina?» Tobias bleibt stumm. «Frau.» Vollkommener Wahnsinn, ein einziger Albtraum. Und das in Gegenwart der Tochter. Doch die stört das nicht, die ist überhaupt ganz verändert, aufs unschönste aufgeblüht. Alles Liebenswerte, Bezaubernde ausgelöscht, übrig bleibt der eiserne Kern: HARTE OST-BRAUT. Sie schmiegt sich an den Vater, der beschützend den Arm um seine Kleine legt.

«Mensch, Jenny, mein Schatz, Warnemünde 1986, weißt du noch?» Langsam wird's alkoholisch-sentimental. Jenny weiß zwar nicht genau, nickt aber eifrig, wird schon stimmen. Lothar umfasst schraubzwingenartig Tobias' Handgelenk. Auf seiner Stirn haben sich dicke Schweißperlen gebildet, die Augen sind glasig.

«Pass gut auf sie auf», sagt er. «Hörst du?»

Tobias nickt.

«Versprich mir das!»

«Ja, Sie können sich drauf verlassen.»

«*Du* heißt das. Ich bin Lothar. Du gehörst jetzt zur Familie.»

So, so, aha, dann doch. Ich könnte versuchen zu fliehen, denkt Tobias, aber mit meinem Scheiß-Polo werde ich nicht weit kommen. Spätestens am Ortsausgang hat er mich mit seinem frisierten 7000-PS-Golf GTI Super-Turbo eingefangen. Oh Gott, ist mir schlecht.

Auf der Toilette gibt's ein Kotzbecken. Doch sosehr Tobias sich anstrengt, es kommt nichts, da kann er würgen oder sich einen Finger in den Hals stecken oder sich auf den Kopf stellen. Weiß wie eine Wand kehrt er an seinen Platz zurück. Lothar nimmt das sichtbar befriedigt zur Kenntnis. «Da hat einer wohl genug. Komm, Jenny, dein Freund muss ins Bett.» Auf dem Heimweg versucht Jenny immer wieder vergebens, sich den Riemen ihrer Handtasche so über die Schulter zu legen, dass er dort bleibt.

Die jungen Leute übernachten im Wohnzimmer, das

Schlafzimmer der Alten befindet sich im Obergeschoss. Für Tobias ist eine Campingliege vorbereitet, Jenny pennt auf dem Sofa. Sie schlüpft ohne Umarmung oder Kuss unter ihre Decke. «Nachti», sagt sie und dreht sich auf die andere Seite. Nachti, denkt Tobias, das ist DDR-Sprech. Mehr Lichtjahre war er noch nie von Liebe, Sex und Zärtlichkeit entfernt.

Um 8.30 wird er durch lautes In-die-Hände-Klatschen seiner Freundin geweckt. Ist sie überhaupt seine Freundin? Wie es gerade aussieht, wohl eher nicht. Hopp, Hopp, Hopp, raus aus den Federn im Land der Frühaufsteher! Jenny sieht aus, als wäre sie gerade einem Jungbrunnen entstiegen, bestens gelaunt ist sie und munter wie ein Fisch im Wasser. Tobias ist zumute, als hätte sich sein Magen nach außen gestülpt. «Nimm 'ne Dusche. Das wirkt Wunder.»

Überall im Badezimmer hängt Wäsche, grau und feuchtkalt wie der ganze Raum. Er gerät in Panik, als sich der spakige Duschvorhang immer wieder um seine Beine wickelt.

In der Küche legt Mandy gerade letzte Hand an die – das gibt's doch nicht! – SCHLACHTPLATTE! Es sind auch Rühr-, Spiegel- und gekochte Eier im Angebot. Lothar, der seit aller Herrgottsfrühe (sein Autohof hat Pfingstsonntag bis Mittag geöffnet, an Feiertagen lohnt das nämlich richtig) auf den Beinen ist (wer saufen kann, der kann auch arbeiten!) und schon ungefähr 200 Autos vertickt hat, hat einen Bärenhunger. Spätestens mit fünfundfünfzig, erzählt er, will er so viel Geld beiseitegeschafft haben, dass es *reicht*. Dann vielleicht auswandern, Kanarische Inseln, Mallorca, Dom Rep. Falls es am Strand auf Dauer zu langweilig wird, eröffnet er einen Gebrauchtwagenhandel, Autos werden überall gebraucht. «Und Jenny kommt mit, oder?» Jenny, Wachs in den Händen des Vaters, lächelt ihr süßestes Jenny-Lächeln. Mandy findet in seinen Plänen dagegen keine Berücksichtigung, wie es scheint. «Komm mal mit, Jenny, ich will dir was zeigen.» Sie verschwinden wort- und grußlos. Wo sie hinwollen, was sie vorhaben, wann sie wiederkommen? Das weiß nur Lothar.

Mandy und Tobias sitzen ganz bedröppelt am Küchentisch und haben sich nichts, absolut gar nichts, zu sagen. Das Schweigen lastet schwer im Raum. Wenn wenigstens ein Radio dudeln würde. Mandy muss beständig ein nervöses, krampfhaftes Gähnen unterdrücken.

Die Arme ist ja grau wie abgestorbene Baumrinde, denkt Tobias, grau wie die DDR. Bei der *sieht* man richtig, dass die von hier ist. Er hat vielleicht noch nie ein so trauriges Gesicht gesehen, maskenhaft starr, erschöpft von langer, ausdauernder Sorge. Sie möchte Lothar so gern eine gute Partnerin sein, ein gesundes Kind zur Welt bringen, eine leckere Schlachtplatte zaubern, das Badezimmer, das Haus, den Garten auf Vordermann bringen. Aber dann, und das ist der Haken, kämen gleich neue, anspruchsvollere Aufgaben auf sie zu, und so ginge es weiter, bis schließlich die eine, letzte, große Herausforderung auf sie zurollen und unter sich begraben würde wie eine Freak-Wave. Genau so wird es kommen, wahrscheinlich bald schon, so wie das Schlimmste immer unweigerlich eintrifft.

Wenn nur der vermaledeite West-Besuch endlich weg wäre. Es schmerzt sie, mit anzusehen, wie unverstellt Lothar der Tochter seine Liebe zeigt. Das ist ja wünschenswert, wenn Eltern und Kinder ein so inniges Verhältnis haben, aber es wäre so schön, wenn ein bisschen auch für sie übrig bliebe, ein bisschen weicher Kern.

Wie alt der wohl ist, Jennys Freund? Vierundzwanzig, fünfundzwanzig um und bei vielleicht. Sie ist achtundzwanzig. «Soll ich einen Kaffee machen?» – «Oh ja, gern, gute Idee». Kaffee geht immer, ob Westen, Osten, Süden oder Norden. Obwohl man den in seinem Zustand besser meiden sollte. Hoffentlich kommt nicht gleich alles hoch. Tee wäre gut, aber den gibt's im Hause Lothar nicht, braucht er nicht erst fragen.

Wenig später rühren sie im handgebrühtem Muckefuck, und dann, endlich, als die Stille kaum noch auszuhalten ist: «Was machst du eigentlich beruflich? Also ich meine, im Moment geht's ja wahrscheinlich gerade nicht, aber ursprünglich, früher, also was du gelernt hast mal, seinerzeit.» Wahnsinn, das Gestotter, aber Mandy ist egal, wie dämlich, nichtssagend oder banal die Frage ist, Hauptsache, ein Gespräch kommt in Gang.

Natürlich arbeite sie noch, antwortet sie, sie sei ja schließlich erst im dritten Monat und nicht aus Zucker, die Frauen in der DDR seien es gewohnt, hart zu arbeiten, eigenes Geld zu verdienen, ihren *Mann* zu stehen. Wenn er es genau wissen wolle, sie sei Friseuse und arbeite immer noch in dem Salon, in dem sie auch ihre Ausbildung absolviert habe. FRISEURSALON – DAMEN UND HERREN. «Aha, hat der keinen Namen? Einfach nur Damen und Herren?» Genau, westliche Wort-Kreationen wie HAIRgott, Haarlekin, oder CUTedrale würden hier durchfallen. Auch wenn jemand eine Extrawurst wünsche, müsse sie passen, sie beherrsche nur den einen Schnitt, *Fasson*. Verrückte Frisuren würden von der hiesigen Kundschaft allerdings auch nicht gewünscht. Gott sei Dank. Fasson, denkt Tobias, was war das noch mal? Pisspottschnitt oder so. «Aha.» – «Ja, so einen Schnitt, wie du hast, das kann ich nicht.» Die Spannung löst sich. Es wirkt doch Wunder, denkt Tobias, wenn zwei sich sympathisch sind. Rührend ist die Mandy irgendwie. Still, sanft, bescheiden, lieb. Wie hält die das bloß aus mit diesem Metzgergemüt?

Ob sie schon mal im Westen war? Nein, und das habe sie erst mal auch nicht vor. Viel zu groß und laut und wuselig und gefährlich, da ist doch gerade der Treuhand-Chef, der Rohwedder, von Terroristen erschossen worden. Ein unsicheres Pflaster, der Westen, und auf die *Konsumtempel* könne sie auch verzichten, und Helmut Kohl, ach, geh mir bloß weg mit dem. Nur nach Bayern, in die Alpen, dahin würde sie gerne mal, Urlaub machen. Usw. Wie munter und unbeschwert die auf einmal ist, denkt Tobias. Was das ausmacht, wenn sich mal einer für einen interessiert.

Sie schaut auf die Uhr. So spät schon, jetzt müsse sie sich aber dringend an die Vorbereitungen fürs Mittagessen machen. Er bietet ihr seine Hilfe an. Viel versteht Tobias nicht vom Kochen, aber zum Schnippeln reicht's.

Punkt eins kehren Lothar und Jenny zurück. Vater und Tochter, Tochter und Vater, Vater und Tochter, wie man's dreht und wendet. Ein Team, eine Einheit, ein Fleisch, ein Blut. Robust und fröhlich (Lothar und Jenny) vs. empfindsam und traurig (Tobias und Mandy).

Dann Ansage Lothar: Kirmes in Magdeburg, Abmarsch in zehn Minuten, Widerspruch zwecklos. Mandy bleibt zu Haus. Es ist das Normalste der Welt, dass sie noch nicht mal *gefragt* wird.

Tobias konnte Rummel / Dom / Kirmes noch nie etwas abgewinnen. Er begreift die Idee *Fun & Nervenkitzel* nicht, er mag auch keine gebrannten Mandeln, Lebkuchen und Steakbrötchen. Mit seinem verdorbenen Magen würde er sowieso noch nicht mal eine Runde Kinderkarussell überstehen. Lothar, als er merkt, wie unwohl sich der West-Spielverderber-Schwächling fühlt: «Willst du Zuckerwatte? Oder ist dir die nicht weich genug? Mann, Mann, Mann!» Tobias schweigt. Sein Gesicht hat er eh verloren, und er wird es auch nicht wiederfinden.

Jenny und Lothar lassen kein Fahrgeschäft aus, ob *Free Fall Tower*, *Breakdance* oder Achterbahn, je riskanter und halsbrecherischer, umso besser. Jetzt *Devil Rock*. Als die Gondeln ihre Höchstgeschwindigkeit erreichen, stößt Jenny kleine, spitze, hohe Schreie aus. Daddy bleibt cool. Tobias wartet wie ein Tier im Schlachthaus, das den Axthieb erwartet. Dann trottet er den beiden hinterher zur *Wilden Maus*.

Zum Abendbrot gibt es *Bötel mit Lehm und Stroh*, so nennt man im Osten Eisbein mit Erbspüree und Sauerkraut. Wie gehabt läuft der Fernseher, der Videorekorder zeichnet auf. Wie viele Filme Lothar wohl allein seit ihrer Ankunft schon aufgenommen hat? Nach dem Essen möchte Väterchen gleich wieder auf Piste, in die Diskothek *Gewölbekeller*. Doch Jenny hat ihre Tage bekommen und ist wegen Regelbeschwerden außer Gefecht gesetzt. Ein Glück, ein Glück, ein Glück, denkt Tobias. Also Fernsehabend. Um elf fallen Jenny die Augen zu, Lothar und Mandy verziehen sich nach oben. So gut wie geschafft, denkt Tobias, holt tief Luft und versucht, den Kopf freizubekommen. Aber es hilft nicht.

Es ist vereinbart, dass sie gegen Mittag zurück nach Hause fahren. Wieder verlassen Vater und Tochter nach dem Frühstück das Haus. Wieder keine Ansage, wo es hingeht und wann sie wiederkommen. Wieder sitzen Tobias und

Mandy in der Küche und trinken Kaffee. Dabei ist so schönes, frühsommerliches Wetter, man könnte, nein: *müsste* nach draußen auf die Terrasse. Aber Mandy kann nicht, sie kann einfach nicht, sie kann beim besten Willen nicht; je besser das Wetter, desto schlechter fühlt sie sich, das war schon immer so, jedenfalls solange sie denken kann.

Die Luft bläht die Vorhänge vor der offenen Verandatür. Mandy atmet schwer, als ob sie nicht genug Luft bekäme, dann stürzen Tränen aus ihren Augen. Es hört gar nicht mehr auf. «Was ist denn los?» Die Frage hätte er sich schenken können: Sie ist traurig und verzweifelt, dass Tobias gleich auf Nimmerwiedersehen verschwunden sein wird und sie ihrem Schicksal, der über ihr gesamtes Leben verhängten Aussichtslosigkeit, überlässt. «Was soll ich nur machen?», flüstert sie. «Wie soll es hier nur weitergehen?»

Mit einem Mal ist es so still wie auf dem Mond. Schrecklich, denkt Tobias, die arme Frau, man muss die hier rausholen, die geht doch zugrunde. Aber er ist zu schwach, zu ängstlich, zu jung, zu unentschlossen, zu alles Mögliche. Keiner wird kommen, niemals. Er war der Letzte.

Zum Abschied gibt ihm Lothar nicht mal die Hand.

Nach ein paar Kilometern auf der Autobahn lässt die Übelkeit nach und löst sich in Luft auf. Psychosomatisch, denkt Tobias, hab ich's mir doch gedacht. Jenny schweigt, er schweigt und macht Musik an, gerade so laut, dass nicht der Eindruck entsteht, als wolle er einem klärenden Gespräch aus dem Weg gehen. Aber es gibt nix zu klären, da sind Jenny und er ausnahmsweise mal einer Meinung. Er lässt sie an der Bushaltestelle raus. Tschüs sagt er, Tschüsi sie, dann fährt er davon, ohne sich noch einmal umzuschauen. Er ist unendlich erleichtert. Sie aber auch.

Grundumsatz

Kurz nach seinem sechsunddreißigsten Geburtstag brach der Grundumsatz von Andreas Lohre ein, er verbrauchte von einem Tag zum anderen im Ruhezustand keine einzige Kalorie mehr. Innerhalb einer Woche legte er drei Kilo zu. Sein Grundumsatz hatte 2500 Kalorien betragen, den er, nur um sein Gewicht zu *halten*, nun über den Arbeitsumsatz erreichen musste. Sonst würde er in einem Jahr 150, in fünf Jahren 750 Kilo zunehmen. Und das geht nicht ewig so weiter, denn es gibt eine Grenze, wo die Haut reißt, die Organe zerquetscht werden, die Knochen unter der Last brechen, der ganze Mensch birst oder explodiert, irgendwas Schreckliches jedenfalls. Er liest irgendwo, die legendäre Opernsängerin Maria Callas habe sich einen Bandwurm einsetzen lassen und auf diese Weise dreißig Kilo verloren. Bei fünf Bandwürmern könnte man also 150 Kilo verlieren. Oder wie viele Bandwürmer kann ein Mensch aufnehmen? Welche Methoden gibt es sonst noch? Magenverkleinerung. Absaugung. Heilfasten. Er überlegt und überlegt und überlegt, aber viel Zeit darf er sich nicht lassen, denn er hat gerade schon wieder ein Kilo zugenommen.

Der Übergrössenschuhmacher

Zum Schluss der Nachrichtensendung *RTL aktuell* ein Bericht über den deutschen Übergrößenschuhmacher Georg Wessels. Die drei größten Männer der Welt (232 cm – 251 cm) lassen sich von ihm regelmäßig mit neuen Tretern ausstatten. An sich schon rührend, die armen Riesen mit ihren Haltungsschäden, die in Herrn Wessels einen treuen Verbündeten gefunden haben. Zutiefst menschlich dann aber der Kommentar von Anchorman Peter Kloeppel, der ihm bei der Überleitung zum Sport rausgerutscht ist: «Schön, dass es was für die gibt.»

Ein Modellversuch

Es handelte sich um ein Experiment, um den Versuch, dem konventionellen Strafvollzug eine ganz und gar unkonventionelle Variante zur Seite zu stellen: Die Insassen dieses 2002 errichteten Gefängnisses bekommen je nach Vergehen unterschiedlich viel zu essen. Die besonders *schweren* Jungs, die sich eines Kapitalverbrechens schuldig gemacht haben (Raubmörder, Kidnapper), sind angehalten, viele, große, schwere und kalorienreiche Mahlzeiten zu verdrücken, während Trickdiebe oder Heiratsschwindler, also die Leichtgewichte unter den Tätern, gerade eben so viel bekommen, dass es zum Überleben reicht. Ein wegen notorischen Schwarzfahrens zu 7 Monaten Verurteilter ist letzte Woche, kurz vor seiner Entlassung, angeblich verhungert.

Dieses Modell wurde seinerzeit von einer nur für kurze Zeit bestehenden Dreiparteienkoalition beschlossen. Der linke (oder war es der rechte?) Flügel einer der Parteien hatte sich durchgesetzt, und die ganz und gar verrückte Idee wurde trotz wütender Proteste durchgezogen.

Längst herrschen andere politische Verhältnisse. Von den damals Verantwortlichen ist niemand mehr in Amt und Würden, ja, es erinnert sich kaum einer mehr daran, mit welcher *Begründung* dieses Modell durchgewinkt wurde. Unvorstellbarer Schwachsinn. Etwas muss damals komplett aus dem Ruder gelaufen sein.

Aber mittlerweile hat man sich irgendwie dran gewöhnt, es wäre kompliziert und mit erheblichen Kosten und Aufwand verbunden, das Modell zu beenden und das eigens eingerichtete Gefängnis aufzulösen. Niemand fühlt sich so recht berufen, die Angelegenheit in die Hand zu nehmen. Die zahlreichen Klagen werden von einer Instanz zur nächsten verwiesen, wer weiß, ob sie irgendwann mal den Bundesgerichtshof erreichen oder sogar den Europäischen Gerichtshof.

So sind die Jahre ins Land gegangen, und es tun sich immer wieder neue Probleme auf: Um an ausreichend Verpflegung zu kommen, werden viele Häftlinge im Knast erneut straffällig, werden aus Scheckbetrügern Totschläger, aus Dieben Vergewaltiger. Nicht jeder ist zum Verbrecher geboren; einen Mithäftling mit bloßen Händen zu ermorden ist eine verdammt harte Angelegenheit – die im Übrigen ja auch gelernt sein will –, aber wenn man kurz vorm Verhungern ist, überwindet man sich dann doch.

Es ist daher nur noch eine Frage der Zeit, bis *ausschließlich* Schwer- und Schwerstverbrecher einsitzen, die sich dann nach Herzenslust vollstopfen, bis sie an Verfettung, Diabetes oder Herzinfarkt sterben oder ganz einfach platzen. Vielleicht war das ja die ursprüngliche Idee.

Ein Weltstar

Es ist der 27. Mai 2016, kurz nach Mitternacht. Rosi's Bar, Hamburger Berg 7, nur etwa 100 Meter Luftlinie von der Davidwache entfernt. Für einen Donnerstag ist der Laden gut gefüllt, etwa dreißig Leute, Schüler, Studenten und Szenegänger, Easy-Listening-Beschallung vom Live-DJ. Und wer stolziert in Begleitung von drei Bodyguards herein: Axl Rose!

Ja, *Guns n' Roses*-Axl. Lang ist's her. Auf das Aus der legendären Band war ein scheinbar endloser Abstieg gefolgt, Schlägereien, Drogen, Schulden, kläglich scheiternde Comeback-Versuche. Man hatte ihn schon endgültig abgeschrieben, als ihn dieses Frühjahr AC/DC als neuen Frontmann verpflichtete. Und selbst eingefleischte Brian-Johnson-Fans müssen zugeben, dass Axl seine Sache gut macht, trotz Übergewicht, Haarimplantaten und Wackelgesundheit. Eine *living legend*, direkt hinter Ikonen wie Elvis, der war auch dick zum Ende hin bzw. in Axls Alter lange tot. Axl ist nur etwas müde.

Seine Bandkollegen haben sich nach Konzertende in ihre Präsidentensuiten kutschieren lassen. Er hält das normalerweise auch so, heute aber nicht! Einmal nach dem Auftritt raus, unter Leute, auf die Piste, auf die Pirsch. Die Idee kam ihm *spontan* nach dem umjubelten Auftritt im ausverkauften Volksparkstadion. Das hat ihn, den uralten Hasen, gepusht, beflügelt, euphorisiert, was nur noch selten, sehr selten, leider viel zu selten, geschieht. Er hat die Show trotz eines gebrochenen Beines bravourös absolviert, nicht im Sitzen, wie ihm der Arzt nahegelegt hatte, sondern dank eines Stützverbandes aufrecht, in waschechter Rockstar-Pose.

Als Weltstar kann man sich nicht *einfach so* in die Öffentlichkeit wagen. Vor ihrem gefeiertem Debüt *Appetite for Destruction* waren sie bei Guns n' Roses nach jedem Gig unterwegs gewesen. Obwohl noch Nobodys, spürten sie, dass sie bald den Durchbruch schaffen würden, sie hatten so eine Aura und diesen unbedingten Willen. *Star material.* Und es lief dann ja auch generalsstabsmäßig. Nach dem kometenhaften Aufstieg in den Rock-Olymp war es undenkbar, ohne riesigen Security-Aufwand unter die Leute zu gehen. Die Paparazzi hätten sie zu Tode geknipst, die Mädchen zerrissen, die Typen verprügelt.

Jetzt wird er längst nicht mehr überall erkannt. Die Jungen wissen ihn nicht *einzuordnen*, die Älteren und Alten begegnen ihm oft mit Häme: Was, das soll Axl Rose sein? Das Großmaul, das in hautengen weißen Radlerhosen von einer Bühnenseite zur anderen gespurtet ist, ohne aus der Puste zu kommen? Und jetzt? Voll fett, voll fertig, haha. Siehste, runter kommen sie alle, auf den Boden der Tatsachen, das hat er nun davon, usw.

Er und seine Crew sind in einer Mercedes S-Klasse eine halbe Stunde über die Reeperbahn gekurvt (latschen konnte er nicht mit seinem kaputten Bein), aber da Donnerstag tote Hose ist, war es gar nicht so leicht, einen Laden, einen ganz *normalen* Laden, zu finden, wo wenigstens ein bisschen was los ist. Vor Rosi's eine Gruppe junger Leute, drinnen laute Musik.

Axl wartet im Auto, während die Bodyguards den Laden abchecken. Alles okay, alles friedlich und entspannt. Am Wochenende herrscht meist hoffnungsloser Männerüberschuss, und die Frauen werden so hart angebaggert, dass viele die Flucht ergreifen. Heute ist das Männer-Frauen-Verhältnis ausgeglichen, und die Girls können sich *einfach mal so* amüsieren, Ladies Night quasi.

Obwohl Axl gerade merkt, wie erledigt er ist, gefällt es ihm, die Atmosphäre, die Musik, überhaupt alles, früher ist er gerne in solche kleinen Läden gegangen. Gemütlich und kuschelig, gleichzeitig eng und flirty.

Die Gäste brauchen eine Zeit, um zu checken, wer da eingekeilt zwischen den muskelbepackten Finsterlingen *noch* sitzt. Axl trinkt Bier und doppelten Sambuca, herrlich, das bittere Bier und der klebrig-süße Sambuca, hat er erst in Deutschland kennengelernt. Die Kunde von der Anwesenheit des Rockstars verbreitet sich wie ein Lauffeuer. Die Leute schauen auffällig unauffällig hin, weg, wieder rüber, wieder vorbei. Der Alkoholpegel ist noch nicht hoch genug, dass sie sich trauen würden, ihn anzusprechen. Mit nervigen Selfiewünschen würde man ihn vielleicht gleich wieder vertreiben, und wer weiß, wie die Bodyguards reagieren, wenn man ihrem Schützling auf die Pelle rückt.

Also abwarten, der ist jetzt ja erst mal hier. Sicher wird der nicht den ganzen Abend rumsitzen, der muss wie alle anderen zur Toilette oder geht nach hinten zum Kicker, vielleicht sogar tanzen oder ganz was anderes.

Axl trinkt, wechselt ein paar Sätze mit seinen Beschützern. Nach einer Viertelstunde, zwanzig Minuten legt sich die Aufregung, die Leute haben sich erstaunlich schnell an die Anwesenheit des Weltstars gewöhnt, und alles ist scheinbar *so wie immer.* SMS eines Gastes an einen Freund, einen großen Guns-n'-Roses-Fan: SOFORT ALLES STEHEN UND LIEGEN LASSEN UND HERKOMMEN! AXL ROSE IST HIER BEI ROSI. KEIN SCHERZ.

Rose bei Rosi! Das passiert nur einmal im Leben!

An sich nervt es Axl, ständig im Mittelpunkt zu stehen, aber wenn er nicht beachtet wird, fühlt es sich auch komisch an. Das Starleben hat ihn für die Normalität verdorben. Er schickt einen seiner Leute los, 'ne zweite Runde Bier und Sambuca besorgen. Die Bodyguards nippen lustlos an ihren Cokes und machen gute Miene zum langweiligen Spiel.

Wer der Energie eines Raumes nichts entgegensetzt, läuft Gefahr, von ihm absorbiert zu werden. Regelmäßig verirren sich Promis hierher, Musiker, Models, TV-Sternchen, neulich hat sich ein bekannter Fernsehkoch derart volllaufen lassen, dass er das ganze Klo vollgekotzt hat. Anstatt sich wie alle anderen auch zu amüsieren und eine gute Zeit zu haben, stehen die oft schlecht gelaunt herum und sind beleidigt, wenn ihnen nicht die gewohnte Aufmerksamkeit geschenkt wird.

Axl muss was tun, sonst wird er müde. Er geht *höchstpersönlich* los, die nächste Runde holen. Die blutjunge Tresenfrau, betont cool, stellt Bier und Sambuca hin, ohne ihn anzuschauen. Kassieren will sie auch sofort. Axl hat kein Bargeld dabei und deutet auf seine Begleiter. *Kurz angebundenes* Nicken, ja okay, ausnahmsweise. Dann macht sie weiter, viel zu tun heute, und sie ist allein.

Die weiß doch wohl, wer er ist. Oder etwa nicht?

Dann traut sich endlich einer (Sven heißt der) und

spricht ihn an. Die Bodyguards gehen sofort in Stellung, aber Axl gibt mit einer Handbewegung Entwarnung. Sven will, was alle wollen: 1) ein Selfie, 2) ein Autogramm (gerne auch auf der Haut), 3) ihn volltexten: Guns n' Roses sei die wichtigste Band seines Lebens und neben AC/DC die Größten. Tatsächlich kennt er nicht nur die Erfolgsalben, sondern auch das 2008 grandios gefloppte *Chinese Democracy*. Trotzdem geil. Ob er aktuell Kontakt zu Slash oder Izzy Stradlin oder Duff McKagan habe, eine Reunion geplant sei usw.? Obwohl Axl diese Fragen leid ist, macht er heute eine Ausnahme und steht bereitwillig Rede und Antwort. Er hat angenehm einen sitzen, und ihm gefällt das hier von Minute zu Minute besser. Einfach so mit Leuten quatschen. Macht richtig Spaß irgendwie, alles ist genau so, wie er es sich vorgestellt hat, ach was, besser. Für Sven ist die Begegnung mit AR mutmaßlicher Lebenshöhepunkt. Der arme Sven. *Arm*, weil er ein Schuppenflechte-Typ ist, trocken und fettig zugleich. Keine dreißig und so schütteres Haar, das es den Blick bis auf die Kopfhaut freigibt, glänzende Stirn voller Pickel, gerötete Augenlider, stummelige Finger mit abgekauten, entzündeten Nägeln.

Jetzt trauen sich auch Svens Kumpel. Es dauert nicht lange, und ein halbes Dutzend Leute hat sich um den Meister versammelt. Aus den Augenwinkeln registriert der ein *Girl*, das rüberschaut. Da geht auf jeden Fall noch was, das hat er im Gefühl, da geht auf jeden Fall noch einiges. «Another Sambuca, Axl?» Einmal Axl Rose 'nen Drink ausgeben!

Was machen eigentlich die Bodyguards? Nicht viel. Starren auf ihre Smartphones, die Stiesel. Selber schuld. Spielverderber. Axl geht rüber und macht 'ne Ansage: Feierabend! Nein, das dürften sie nicht. Aber sicher doch, *er* ist schließlich der Boss, er übernimmt die Verantwortung. Endlich mal alleine, einmal ohne Leibwächter, ohne großes Gewese. Tja. Wenn was passiert, bekommen sie richtig Ärger, aber was soll schon passieren. Hier! Bei Gefahr sofort melden! Jaja. Sie drücken ihm ein paar hundert Euro in die Hand und verschwinden.

Axl, mittlerweile richtig angezündet, unterhält sich mit den Fans, linst ab und an rüber zu *seinem* Girl. Ist die noch interessiert, guckt die noch? Ja, beides, aber das braucht Zeit, Gesetz des Nachtlebens. Wird schon, irgendwann geht es dann wie von selbst.

Um halb zwei platzt eine Gruppe junger Mädchen rein. Ein paar von denen fangen sofort wie wild an zu tanzen. Ein Ruck geht durch die Bude beziehungsweise durch die Männer. Sollte hier etwa an einem Donnerstag was gehen? Ganz unerwartet? Anscheinend ja, und man muss die Feste feiern, wie sie fallen. Plötzlich sind jedenfalls die *Mädchen* die Attraktion. Interessanter als Axls Antworten ist jetzt die Frage, wie man an die rankommt. Außerdem sieht Axl so aus, als würde er noch länger bleiben. Man kann ja später immer noch an der Stelle weitermachen, an der man gerade aufgehört hat.

Nur Sven hält die Stellung. Mit Axl Rose alleine. Seine Chance. Vielleicht kann er ihn überreden, später noch weiterzuziehen, und wenn der nachher *richtig* besoffen ist, packt er aus, gibt die letzten Geheimnisse preis. Er könnte ihn sogar mit nach Hause nehmen! WEISST DU, WER LETZTE NACHT BEI MIR GEPENNT HAT? AXL ROSE! GLAUBST NICHT? HIER, FOTOS. Kranker, verwirrter, kaputter Schrott und Dreck und Müll schießt durch sein Spatzenhirn.

Aber jetzt, denkt er, hat Axl Pause, jetzt bin ICH mal dran. Er hat nämlich auch was zu erzählen, obwohl er *kein* Star ist, aber das zählt bei Rosi's nicht, hier sind alle Menschen gleich und gleich viel wert. Glaubt der denn, dass ich nichts bin und dass Menschen nur zählen, wenn sie reich und berühmt sind? Ununterbrochen schmoddert der Schrott und Dreck und Müll durch seinen aufgeweichten Bregen. Er textet und textet und textet Axl zu, der seinem Gefasel bald nicht mehr folgen kann. Sven bringt die Sätze nicht zu Ende und fängt immer wieder neue an, die er ebenso wenig zu Ende bringt. Axl sagt zu allem nur noch «Ja», das einzige deutsche Wort, das er kennt. Obwohl Sven ganz schön besoffen ist, merkt er das. Was heißt denn hier andauernd «JA», denkt er, will der mich verarschen?! Er wird immer unverschämter und auch aggressiver. Ja? Ja? Ja? *Fick die Henne mit deinem SCHEISS-JA.* Er wirft Axl ein böses deutsches Schimpfwort an den Kopf und lässt ihn einfach stehen. Ab zu den Girls. Wenn er eine aufreißen will, muss er das anstellen wie ein alterndes Raubtier, das nur noch lahme oder kranke Beutetiere schlagen kann.

Axl ist plötzlich ganz alleine. Wo ist *sein Girl* eigentlich abgeblieben? Die müsste doch langsam mal zurück sein von der Toilette. Aber da war die gar nicht, und woanders ist die auch nicht, die ist ganz normal nach Hause gegangen, weil sie morgen arbeiten muss. Nicht zu fassen! Weg. Einfach weg, ein Schlag ins Gesicht. Die Stimmung kippt, jedenfalls seine. Um ihn herum läuft's rund, runder geht's nicht. Die Boys & Girls tanzen, flirten, knutschen. Da geht noch was, da geht noch einiges.

Als eines der tanzenden Mädchen am Tresen Drinks besorgt, rempelt sie Axl versehentlich an. Der ist jetzt so groggy, dass er Mühe hat, das Gleichgewicht zu halten. «Oh, Entschuldigung, tut mir leid.» Ihr Gesicht ist ein fettiger Schimmer, zur Hälfte Make-up, zur anderen Hälfte Schweiß. Trotzdem: Ach, ist die hübsch, und ausdrucksvoll, klar, unverbraucht, und die schmalen grünen Augen. Axls Züge entgleisen, es sieht aus, als könnte ihm jeden Moment *alles aus dem Gesicht fallen*, also in echt. Kein schöner Anblick. Sie erschrickt: «Was ist DAS denn?»

Nicht der, das.

Wieder auf dem Dancefloor, wird sie von ihrer Freundin aufgeklärt. Wie, du weißt nicht, wer das ist? Ne, sorry. Sie kennt Guns n' Roses allenfalls vom Hörensagen oder von Neunziger-*Kultparties*. Oder gehören die zu den Megahits der Siebziger und Achtziger? Sie kommt grad nicht drauf. Ist ja auch egal. Selbst wenn Mick Jagger hier rumstände, würde sie das kaltlassen. Den findet sie sowieso eklig, der hat ein komisches Gesicht mit seinen dicken alten Lippen, und ganz schrumpelig ist der, ein geiler greiser Zwerg. Der Dings hier hat zwar Normalgröße, ist aber auch ein geiler alter und noch dazu dicker Bock. Hat wohl nicht geklappt mit Groupies, und jetzt ist er auf der Suche nach Frischfleisch. Von wegen. Glaubt der ernsthaft, dass irgendein junges Mädchen Lust hat, mit ihm ins Bett zu gehen?

Nicht nur Axls Bein schmerzt höllisch, sondern inzwischen auch der Rücken. Die Wirbelsäule scheint sich immer mehr zusammenzuziehen, bis nur noch Schmerzen da sind und keine Wirbelsäule mehr. Er muss sich dringend hinsetzen. Aber nur kurz.

Er stiert vor sich hin. Um ihn herum tobt das Leben, und er ist abgemeldet. Hat keinen Zweck mehr, er ist jetzt auch zu betrunken, um das Ruder rumzureißen, seine Leute sollen ihn abholen, sofort. Wieso hat er die bloß weggeschickt? Dann: Handy weg. NEIN, NEIN, NEIN. Katastrophe. Hat er das Scheißding im Hotel vergessen, oder wurde es ihm gezockt?

Bloß weg hier. Doch als er aufstehen will, kommt er nicht hoch. Er versucht es, einmal, zweimal, keine Chance. Ein paar Minuten. In ein paar Minuten will er es wieder probieren. Hoffentlich hat das gerade keiner gesehen. Oder gefilmt.

Ein paar der Typen von vorhin setzen sich ungefragt an seinen Tisch. Sie sind abgeblitzt bei den Weibern und entsprechend drauf. Aggressiv, geil, bescheuert. Das ist doch Wahnsinn: Vor fünf Stunden wurde Axl von 50 000 Leuten gefeiert, und jetzt sitzt er hier, in diesem Zustand, den verdorbenen Typen mit ihren ledernen Schlachterherzen ausgeliefert, die kein Erbarmen kennen.

Dann schleicht sich von hinten auch noch Sven an, in der einen Hand einen Joint, in der anderen ein Bier. Er hat sein Glück bei den Girls versucht und vernichtende Abfuhren kassiert. Allerdings weiß er heute wenigstens mal, warum: WEIL AXL IHM DIE TOUR VERMASSELT HAT. Axl ist ein richtiger Arsch. Das denkt er gerade wirklich, besoffen und schwachsinnig, wie er ist. Na, wo sind denn deine Bodyguards? Die können dir jetzt auch nicht mehr helfen. Er hebt den Arm und lässt langsam Bier in Axls Nacken laufen. Es dauert ein paar Sekunden, bis der das checkt. Kraftlos schlägt er hinter sich, er kommt ja nicht hoch. Die anderen beömmeln sich. Haha, guck mal, voll nass.

Erst als einer sein Handy zückt, um das Trauerspiel auch noch zu filmen, greift die Tresenfrau ein. Sie verscheucht die ganze Bagage und bringt Axl nach draußen. Dort winkt sie eines der im Minutentakt vorbeifahrenden Taxis heran. Der iranische Fahrer will den Betrunkenen zunächst nicht transportieren. Doch die Tresenlady redet so lange auf ihn ein, bis der nachgibt. Ganz mitfühlend ist die auf einmal.

Die Entspannungsmaske

Lieber Johannes,

Entschuldigung, mir ist was ganz Peinliches passiert, als ich das bunte Geschenkpapier in meinen Ranzen gepackt habe, und das habe ich erst bei mir zu Hause gemerkt, als ich das bunte Geschenkpapier aus dem Ranzen geholt habe, ich habe, während ich das Papier eingepackt habe, nicht gemerkt, dass da noch deine Entspannungsmaske zwischen war, ich dachte zuerst, dass du deine ganzen Geburtstagsgeschenke alle an den einen oder anderen Platz verstaut hättest, nachdem du deine Geschenke alle ausgepackt hast, aber die Entspannungsmaske war noch zwischen dem ganzen Geschenkpapier, und ich dachte wie gesagt, dass du deine ganzen Geburtstagsgeschenke alle schon an den einen oder anderen Platz verstaut hättest, und ich dachte zuerst, dass du auch deine Entspannungsmaske schon irgendwo verstaut hättest und dass da nur noch das Geschenkpapier lag, aber ich habe zu Hause gemerkt, dass zwischen dem ganzen Geschenkpapier noch die Entspannungsmaske war, und nun möchte ich sie dir zusammen mit den Fotos zurückgeben und mich noch einmal für dieses Missgeschick entschuldigen.

Deine Pia

Das Teemännchen

Ich weiß nicht, wie er heißt. Vielleicht Michael oder Matthias oder Martin, es ist jedenfalls ein Name mit vielen Vokalen, ein *weicher* Name. Er ist ja auch selbst ganz weich, trotz Normalgewicht hat er etwas Puddinghaftes. Erschreckte, staunende Augen in einem flachen, tellerförmigen Mondgesicht. Immer trägt er blaue Cordhose oder dunkelblaue Jeans, kombiniert mit strapazierfähigen Baumwolloberhemden, braun-beige-ocker, dezent gemustert wie Küchenkrepp.

Er wirkt wie verpuppt und nie ausgeschlüpft. Zu wenig Adrenalin, zu wenig Testosteron, zu wenig Elektrizität, *Strömung*, zu wenig lebensbejahende und lebensstimulierende Substanzen im Blut. Woher nehmen die anderen ihre Energie, ihre Sicherheit, ihr Durchhaltevermögen? Unbegreiflich für einen wie ihn. Leidenschaften, Abgründe, Obsessionen: Fehlanzeige, Fehlanzeige, Fehlanzeige. Still und unscheinbar war er schon immer, der Michael (wahrscheinlich Michael, ja, doch, Michael, Michi). Ein Leben, so ruhig wie ein Bild an der Wand oder ein Teich im Wald und von Tag zu Tag immer *noch* ruhiger. Wenn er alleine ist, überkommt ihn die Angst, in seine Bestandteile zu zerfallen. Die setzt ein, sobald er sich abends schlafen legt. Völlig sinnlos, die Angst, denn sterben müssen wir doch sowieso. Zusammenfassung: Michael, zu früh zum Schlafen, zu dunkel zum Lesen.

Sein Studium, irgendwelche Geisteswissenschaften, hat er der zu erwartenden Härten und Widrigkeiten des Erwerbslebens wegen endlos hinausgezögert. Wenn er nur etwas begabter gewesen wäre, könnte er jetzt im Schutz der Universität als Forscher oder Dozent oder wissenschaftliche Hilfskraft ein behütetes Leben führen. Doch nach unzähligen quälenden Semestern hat er endgültig geschmissen. Immer noch bei den alten Eltern lebend, pitschert er herum, lässt den lieben Gott einen guten Mann sein, schlägt die Zeit tot, frickelt, prokrastiniert, bis es selbst den langmütigen Eltern zu bunt wird und sie *ihren Herrn Sohn* zur Rede stellen. Wie er sich seine weitere Zukunft vorstelle, was nun bitte schön, bitte schön, aus ihm werden solle. Wenn er das nur selbst wüsste! Er senkt den großen, flachen Kopf und errötet. Auch so eine Sache: Wenn man ihn nur eine Spur zu lange anschaut, wird er rot, und diese Röte bleibt unnatürlich lang auf den Wangen, es dauert Stunden, bis sie weicht. Die Gedanken kleben in seinem Kopf fest wie Salz in einem verklumpten Streuer. LKW-Fahrer, Pförtner, Kranführer fällt ihm ein. In einer winzigen Kabine einsam über der Stadt thronen, wo sein Schweigen natürlich erscheint und seine Kontaktarmut eine Erklärung hat. Aber das kommt aufgrund seiner Höhenangst nicht in Frage, außerdem ist es ja nur ein Gedankenspiel. Doch seine Eltern lassen nicht locker. Dann kommt ihm schließlich die rettende Idee: Tee!

Sich mit einem Teeladen, einem Teegeschäft selbständig machen. Wo er doch selber so gerne Tee trinkt, da kennt er sich aus. Die kleine Änderungsschneiderei ein paar Straßen weiter, die ist vor kurzem pleitegegangen, vielleicht könnte man da mal fragen wegen dem Ladenlokal. Ihm wird ganz heiß und kalt bei dem Gedanken, zum ersten Mal im Leben.

Er nimmt all seinen Mut zusammen, ruft den Vermieter an, besorgt sich einen Kredit über 13 000 Euro (Bürgschaft der Eltern), bringt alles auf den Weg. Je länger er drüber nachdenkt, desto sicherer ist er sich seiner Sache. So ein Teeladen ist genau das Richtige, passt wie die Faust aufs Auge. Der Umgang mit den Kunden lässt sich sicher lernen, und das wird ihm dann auch im normalen Leben weiterhelfen, win / win.

Zur Eröffnung Mitte Dezember verirren sich nur seine Eltern und ein paar Zufallsgäste ins *Aromatica*, so hat er seinen Laden genannt. Auweia, wie einfallslos, da schwingt die Pleite doch schon mit. Aber Einfälle sind ja nicht gerade seine Stärke. So viel wie am Tag der Eröffnung wird dann aber auch nie wieder los sein, denn das Lädchen mit dem Rohrkrepiererernamen liegt in einer toten D-Lage, in der sich noch nie ein Geschäft, egal welches, länger als drei Jahre hat halten können. Laufkundschaft Fehlanzeige, nur etwa ein Dutzend Stammkunden, die verirren sich – im wahren Sinne des Wortes – ab und zu in sein Teereich.

Tee, *weicher, milder Tee*, das passt vielleicht zu ihm, aber nicht in diese freudlose, schäbige Gegend hier, eine Gegend der harten Kaffee- und Schnapstrinker. So steht er nun tagein, tagaus mit großen, traurigen, erstaunten Augen inmitten der dunkelgrünen Blechdosen mit Earl Grey, Darjeeling, Rooibos, grünen, gelben und weißen Früchte- und Kräutertees, starrt aus dem Fenster und kapiert ums Verrecken nicht, wieso es denn *so gar nicht* läuft, fragt sich unablässig, was er falsch macht, anders machen könnte. An der Qualität seiner Ware kann es nämlich nicht liegen, die ist 1a, das müsste sich doch langsam mal rumsprechen. Tut es aber nicht.

Er denkt und denkt und denkt, es sind unergiebige, nutzlose Grübeleien. Überhaupt alles völlig sinn-, zweck-, nutz- und sowieso -los. Wie er so dasteht, gebeugt und hilflos, die ganze Gestalt ein Fragezeichen, mit den Armen seltsam runde, kraftlose Bewegungen vollführend, müsste vielleicht mal jemand die Finger in sein Nervennetz stecken und ein wenig Unordnung in die Verdrahtung bringen. Zack, würde der ganze Mensch, der Motor endlich anspringen, wenigstens auf halber Kraft laufen. Möglicherweise.

Die Tage, Wochen, Monate sammeln sich an wie Dreck und Laub in der Regenrinne. Ein eisiger Januar, ein bitterkalter Februar, ein vermatschter, dreckiger März, alles Teemonate eigentlich, und obwohl er eine lächerlich geringe Miete zahlt und noch locker ein weiteres Vierteljahr durchhalten könnte, verlässt ihn der Mut. Ende März hängt in der Tür ein Schild: «Unser Geschäft schließt zum 1.4. Herzlichen Dank den Kunden für die fortwährende Treue». *Fortwährend*, na ja. Aber darauf kommt's jetzt auch nicht mehr an.

Ich noch mal rein, er, ungewöhnlich lebhaft, macht seiner Verzweiflung Luft: Er habe nicht länger Lust, hier den ALLEINUNTERHALTER zu geben. Was er meint: Er ist es leid, sich selbst *allein zu unterhalten* oder so ähnlich. Dann schießen ihm doch die Tränen in die Augen. Als er ein Schluchzen zu unterdrücken versucht, dringt ein Elendston aus seiner Kehle, ein tonloses Rasseln. Ich blicke verlegen zu Boden. Gern möchte ich etwas Tröstliches sagen oder ihn nach seinen Plänen für die Zukunft fragen. Aber besser nicht, das würde ihn doch nur in Verlegenheit bringen, außerdem kenne ich die Antwort:

Er ist das Teemännchen und hat weiter nichts vor.

Selbst auf der stark reduzierten Ware bleibt er sitzen. Am allerletzten Tag schleppt er die grünen Kästen in seinen Renault Kangoo. Vielleicht hofft er, sie im Laufe seines verbleibenden Lebens austrinken zu können, wenn er sich ranhält. Ich habe dann nie wieder was von ihm gehört, wahrscheinlich ist er ohne viel Aufhebens auf leisen Sohlen aus der Welt verschwunden.

Nächtliche Ruhestörung

Ich wachte gegen zwei Uhr morgens von den Schreien eines Mannes auf, der brüllte wie am Spieß, irgendwo ganz in meiner Nähe, vielleicht sogar direkt vor meinem Haus. Was man ungefähr verstehen konnte: «Ich komm hier nicht raus, verdammte Scheiße.» Anscheinend hatte er sich irgendwo verhakt, war irgendwo reingetreten, irgend so was. Das ging eine ganze Weile so. Doch anstatt dass man ihm half, wurde er in den frühen Morgenstunden erschossen.

Drei blaue Müllsäcke

Hannover, Hauptbahnhof. Mitte April, herrliches, vorfrühlingshaftes Wetter. Unter den vielen Menschen auf dem Bahnhofsvorplatz auch ein Rollstuhlfahrer, so Mitte zwanzig, vor ihm auf dem Boden liegen drei große blaue Müllsäcke. Der Mann ist ganz aus dem Häuschen, rudert wild mit den Armen, schreit mit hoher, brüchiger Stimme: «KANN MIR MAL JEMAND HELFEN?!» Keine Reaktion, die Leute hasten weiter, gucken weg, machen einen weiten Bogen um ihn. Irgendwie unheimlich, das Gebölke des Behinderten. «HALLO, KANN MIR VIELLEICHT MAL JEMAND HELFEN?!» Was soll das, was will der? Wahrscheinlich auch geistig behindert. «KANN MIR MAL BITTE EINER VIELLEICHT HELFEN?!» Als ob er nur noch eine letzte zuckende Gehirnzelle in seinem debilen Kopf hätte, die ihn diesen Satz in Endlosschleife und winzigen Variationen ausstoßen lässt. Er bläht seinen Hals seltsam kropfig auf, die Glubschaugen quellen aus dem Kopf, dazu die wulstigen Lippen und der sich hektisch auf und ab bewegende Adamsapfel, der so weit hervorsteht, als wolle er in jeden Moment durch die Haut stoßen. Über die Maßen froschig sieht das aus. Froschmensch. Oder wie nennt man das? Froschkrankheit, Froschbehinderung, Froschdefekt? Der Kopf eines Frosches, der Rest ausgemergelt, sehnig, kein Gramm Fett, die Schulterblätter zeichnen sich durch das enge T-Shirt ab wie gestutzte Flügel «HEY. SIEHT DAS

KEINER? KANN MIR BITTE BITTE JEMAND MAL HELFEN?!» Stumpf und dumpf wie ein Wiederkäuer repetiert er seine Losung, die Augen flattern dazu wie kleine Glühbirnen kurz vor dem Durchbrennen.

Wobei denn überhaupt helfen? Kein Mensch weiß, was er meint. Leg doch mal 'ne andere Platte auf, sonst kannst du schreien, bis du schwarz wirst! Es bestünde natürlich die Möglichkeit, ihn zu *fragen*, aber das will keiner. Man weiß ja nie, was so einer gleich macht, wozu so einer in der Lage ist, unberechenbar sind so welche. Erregen kein Mitleid, sondern nur Widerwillen, Gleichgültigkeit, Abscheu. «KANN-MIR-JETZT-MAL-EINER-HELFEN??!!» Und wenn die Froschkrankheit nun ansteckend ist?, scheinen sich die Passanten zu fragen und machen einen noch größeren Bogen. Er krächzt mit sich überschlagender Stimme, lange kann es nicht mehr dauern, bis er heiser ist. Dennoch macht er *unverdrossen* weiter, als wäre er es gewohnt, dass seine Hilferufe ungehört verhallen, als wüsste er genau um seine abstoßende Wirkung auf die Mitmenschen, die sich so gar nicht mitmenschlich verhalten. «HALLO. HALLO. HILFT MIR JETZT MAL EINER?!»

Merkwürdig, dass noch keiner von der Security auf ihn aufmerksam geworden ist oder von der Bahnhofsmission oder sonst wer Offizielles. «HALLO, HÖRT DENN KEINER? BITTE HILFE.»

So lange musste er vielleicht noch nie schreien. Dann, es ist jetzt wirklich eine Ewigkeit vergangen, erbarmt sich eine Passantin. Sie beugt sich zu dem sabbernden Froschmenschen, schreckt wegen seines stechenden Pennergeruchs gleich wieder zurück, muss sich erneut überwinden. Er sabbbert ihr ins Ohr, man sieht die Spuckeflöckchen stieben. Wie bitte? Die Frau zuckt mit den Achseln, macht ein

Gesicht wie eine leere Kiste, aus der Holzwolle quillt. Anscheinend kann er sich auch ihr gegenüber nicht verständlich machen. Also wieder runterbeugen in den Abgrund, den Gestank, die Spuckeflöckchen. Contenance, Ruhe bewahren, bis nach unendlich geduldigem Zuhören endlich der Groschen fällt: Die Müllsäcke. Die Müllsäcke sind das Problem. Sind ihm runtergefallen, entglitten, er möchte sie wiederhaben. Alles klar. Große Erleichterung. Die Frau legt ihm einen Sack vorsichtig auf den Schoß. Richtig so? Und nun? Der Sack ist riesig, wie will der drei von der Sorte transportieren? Sie schaut ihn fragend an, er winkt sie herunter, erteilt ihr weitere Anweisungen. So, so. Sie packt den zweiten Sack auf den ersten, drückt auf die Säcke, dass die Luft entweichen kann, der Froschmensch fixiert die Ladung dabei routiniert. Er greift mit der linken Hand nach dem dritten Sack, die Rechte braucht er für den Rollstuhl. Die Sacklast ist etwa so hoch wie die Frosch-Rollstuhl-Kombination, wiegt aber offenbar nichts. Da können nur sehr leichte, luftige Dinge drin sein, Kissen, Daunen, Pullover, Strümpfe, T-Shirts, Popcorn. Oder gibt es noch so etwas wie einen Kern, einen unermesslich schweren, inneren Kern, der seine *gesamte Habe* beinhaltet? Egal. Er hat, was er wollte. Seine Augen werden blicklos und rollen in den Kopf zurück. Endlich beruhigt, macht er sich davon. Ganz zufrieden sieht er aus, wie er da mit den drei blauen Müllsäcken in den Tiefen des Bahnhofs verschwindet. Er muss immer in Bewegung bleiben, um sein Glück zu finden.

Lehrer i. R. Paul-Günther Korsen

Lehrer i. R. Paul-Günther Korsen, der seit seiner Pensionierung am Tage wächst und in der Nacht wieder zusammenschrumpft. Als Riese legt er sich schlafen, passt kaum ins Bett hinein. Schrumpft in der Nacht auf Däumlingsgröße, oft muss man frühmorgens lange nach ihm suchen, er versteckt sich dann unterm Kopfkissen. Doch schon während der Morgentoilette beginnt er zu wachsen, in statu nascendi, beim Frühstück hat er bereits Zwergengröße erreicht. Am Nachmittag reißt er die Zwei-Meter-Marke, am Abend muss er daheim bleiben, weil er sonst von allen angestarrt und für Fotos posieren müsste. So hockt der traurige Mann Abend für Abend in seinem Zimmer und wartet darauf, vom Schlaf erlöst zu werden.

Sizzling Hot

Die trostlosesten Orte der Welt sind Autobahnraststätten. Schattenreiche, errichtet auf den Säulen Müllfraß, Pornozeitschriften, Kondomautomaten und Fernfahrerduschen.

Das adipöse Pärchen betritt die Raststätte Allertal. Sie sind so dick, dass man ihr Alter nur schwer schätzen kann, irgendwas zwischen Mitte zwanzig und Mitte dreißig. Er besteht praktisch nur noch aus Hals und Rumpf, sie aus Beinen, so dick, als wären sie zusammengewachsen, wie bei einer Meerjungfrau. Selbst für sehr Dicke sind sie über die Maßen formlos, wie Waffeleis, das zu Boden gefallen ist. Cartoongestalten, die in Trickfilmen in die Luft gesprengt werden. Sie wirken eher wie Geschwister als wie ein Paar. Sein Haar kurz und gelb wie der Flaum eines Kükens, ihres schlaff und dünn. Alles, was einem zu ihnen einfällt, stimmt wahrscheinlich: Stotterschritt, Restharn, entzündetes Nierenbecken, Schließmuskellähmung.

Obwohl für Raststättenverhältnisse recht ordentliche saisonale Spezialitäten wie Roulade mit Rotkohl und Klößen oder Grünkohl mit Kassler und Salzkartoffeln – nur für kurze Zeit! – im Angebot sind, entscheiden sie sich für Riesencurrywürste mit Pommes. Sie haben noch nie etwas anderes gegessen, und nun mögen sie sich einfach nicht mehr umstellen.

Sie haben großen Hunger und können es kaum erwarten, die XXL-Portionen in Empfang zu nehmen. Wie eingefroren stieren sie auf die brutzelnden Pommes, die brutzelnde Wurst. In dem käsigen, quellenlosen Neonlicht sehen sie *noch mal* anders aus; es ist, als ginge die Hässlichkeit der Raststätte auf deren Besucher über.

Die müssten doch langsam mal fertig sein, die Würste! Daraus nun besteht ihr Leben: Trübsal blasen und entweder aufs Essen oder den nächsten Schicksalsschlag warten.

Endlich werden die Teller über den Stahltresen geschoben. Sofort begibt sich der Mann in die Ecke, wo die beiden Spielautomaten hängen, die Frau schlurft hinterher. Ihre Schritte lösen sich nur wenig vom Boden, die Füße knicken dabei nach innen, aufeinander zu.

Gar nicht so einfach, gleichzeitig essen und spielen. Die Hände müssen frei bleiben! Also *seine* Hände, Frau egal, die isst im Stehen, irgendwie, wird schon gehen. Aber wie soll *er* es anstellen? Der Spielautomat hat keine Ablagefläche, und Stehtische sind auch keine in der Nähe. Da kommt sie auf die Idee, einen Barhocker herbeizuschleppen, auf dem er seinen Teller abstellen kann. Dann zerteilt sie seine Wurst in mundgerechte Happen, braucht er nur Gabel, kein Messer. Die Barhocker-Teller-Konstruktion ist eine wacklige Angelegenheit; wenn das man gutgeht.

Er versenkt sieben Euro und ein paar Zerquetschte, sein ganzes Kleingeld, im *Merkur Magic Super Multi*, seinem Lieblingsautomaten. Von den zur Auswahl stehenden Spielen wählt er SIZZLING HOT. Das Supersymbol sind hier die roten Siebenen, bei fünf von denen geht der Jackpot ab, der Himmel auf Erden. Das passiert vielleicht einmal in 100 000 Spielen, schätzt er, so genau weiß er es aber auch nicht. Da steht der Koloss nun vor seinem Lieblingsgerät und spielt ausgerechnet *Sizzling Hot*. Alles, was heiß ist an ihm, ist die Wurst, die eben noch im heißen Fett *gebrutzelt* hat. Baked Potatoes würden als Supersymbole klar besser passen; fünf heiße Kartoffeln, die langsam eintrudeln. Oder gleich was mit Fleisch; Presssäcke, Schweinehälse, Bratwurstschnecken, Nierenzapfen.

Die Frau steht einen halben Schritt hinter ihm, als gelte es eine Art Respekts- oder Sicherheitsabstand einzuhalten. Mit glasigen Augen folgen sie dem Rotieren der Walzen und schlingen, stopfen, schieben, schaufeln die rot-weiß-braune Leckerei in sich rein, ohne dabei ein Wort zu wechseln. Der Gesprächsstoff ist ihnen schon vor längerer Zeit ausgegangen. Es hat einfach keinen Zweck, das muss man dann einsehen. Herrlich ist das, essen und spielen, die beiden schönsten Sachen, die es gibt. Sein Verstand wird schwerflüssig, der Blick schwimmt, ihn überkommt nebliges Wohlbehagen.

Sie hat schon *alles* aufgegessen, ein Wahnsinn, wie hat die das nur gemacht in nicht mal fünf Minuten. Dieser schreckliche Hunger immer. Eigentlich könnte sie sich jetzt nützlich machen und ihn füttern. Doch sie blickt wie in Trance mit schrägem Kopf und leicht geöffneten Lippen, auf dem Kinn eine langsam eintrocknende Rinne glänzenden Fetts, auf die rotierenden Walzen. Dass die sich bei ihrer Konstitution überhaupt länger als zwei Minuten auf den Beinen halten kann!

Obwohl er in einer Tour verliert, zeigt er keinerlei Regung. Dabei zeichnet *das* doch gerade den Automatenspieler aus: ständiges Fluchen, verzweifeltes Aus-der-Haut-Fahren, mitfiebern; den Automaten, den Feind, den Gegner, das verdammte Schwein, beschimpfen, bearbeiten, bis der endlich *schmeißt*. Es geht schließlich um nichts weniger als das eigene Leben. Wieso spielt der denn überhaupt, wenn er sich nicht aufregt? Was *hat* er davon?

Dann, mit den letzten vierzig Cent, ein Gewinn, den er auf der Risikoleiter einsetzt. Und auf der Risikoleiter heißt es hopp oder topp, entweder den Gewinn verdoppeln oder NICHTS, alles weg. Er, der geborene Verlierer, der *Sizzling Loser*, schafft vier von zehn Risikoschritten. Ein leichter Ruck fährt durch *beide*, ein kaum wahrnehmbares Beben. Wie synchronisiert, sie sind eben doch ein Paar, es hat schon seinen Grund, dass sie zusammen sind, aneinandergebunden durch einen seidenen Faden. Er drückt, wieder geschafft, drückt, noch mal geschafft, drückt, das gibt's doch nicht, fünf-sechs-sieben, sehr selten, so was, man spürt richtig, wie die Luft dünn wird. Ihm bleiben fünfzehn Sekunden, um die Risikotaste erneut zu betätigen, tut er das nicht, zählt der Automat den Gewinn an. Achtundfünfzig Euro, was ja schon sehr viel ist, aber heute, ein einziges Mal wenigstens, will er mit *richtig was* nach Hause gehen. Bei der nächsten Stufe wäre er bei einhundertsechzehn, und dann: VON HUNDERTSECHZEHN EURO AUF VIERHUNDERT EURO! Zwölf, elf, zehn Sekunden bleiben ihm noch, er ist jetzt sehr erregt. Ohne hinzuschauen, stößt er die Gabel in den Teller, stochert so lange, bis sich was verfangen hat.

Das Licht flackert zwischen nichts und der nächsten Stufe hin und her, begleitet von einem Ton, der sich höher und höher schraubt bis in höchste Höhen. Früher hat er gedrückt, wenn das Licht oben war, mittlerweile weiß er, dass das egal ist, es ist schließlich ein Glücks- und kein Geschicklichkeitsspiel. Er drückt, ohne hinzuschauen, und das *Wunder von Allertal* geschieht: Das Licht bleibt oben!

Zwei Steps noch, dann ist der Höchstgewinn im Sack, der höchste Gewinn, den er *jemals* eingesackt hat. Er verspürt einen Druck in Gesicht und Kiefer und hinter der Augenhöhle. Jetzt noch ein Stück Wurst, Nervennahrung, sofort! In seiner Aufregung pickt er jedoch daneben, der Teller gerät ins Rutschen. Sie, vom Automaten ebenfalls vollkommen in den Bann gezogen, reagiert nicht schnell genug, greift *irgendwie* in Richtung Hocker, zu spät, der Teller mit der halben, drei viertel Portion, fällt krachend zu Boden. Wurst, Pommes, Ketchup, Majo, Scherben, eieiei, was für eine Sauerei, die Leute schauen angeekelt rüber, Gott, diese fetten Freaks mit ihren schlechten Genen, können noch nicht mal anständig fressen.

Aber die Freaks interessiert das jetzt gerade nicht, denn sie sind nur noch zwei Stufen von den vierhundert Euronen entfernt, davon kann man neue Würste kaufen, den zerdepperten Teller bezahlen, Reinigung, tanken, Snickers, alles. Bitte, lieber Gott! Als wolle er seinen unbedingten Willen bekräftigen, den Automaten endgültig in die Knie zwingen, schlägt er seine flache Hand mit voller Wucht gegen die Risikotaste. Es dauert den Bruchteil einer Sekunde, dann fällt die Anzeige mit einem höhnischen Geräusch auf NICHTS. Nein, nein, nein! Alles verloren, alles umsonst, und hungrig ist er auch noch. Er stößt einen vibrierenden, langgezogenen Klagelaut hervor, ein Ausdruck angstvoller Trauer und tiefer Verzweiflung, nach dem Verlöschen des letzten Hoffnungsschimmers.

Bloß raus hier, raus, verschwindibussi, weg, fort. Er zieht den Kopf ein und marschiert wie ein wütender Stier Richtung Ausgang, die Frau, ein schwaches, schuldbewusstes Lächeln auf den Lippen, dicht hinter ihm her. Dann sieht es für einen Moment so aus, als wolle sich ihnen ein Raststättenmitarbeiter in den Weg stellen, ein großer, kräftiger Typ, der aussieht wie ein Boxer. *Sizzling Hot* stellt sich vor, wie der Mitarbeiter ihn niederringt / *-sizzelt* und sein Gesicht in die Schweinerei drückt, die er angerichtet hat, wie einen Hund in die Pisse. Ist natürlich Quatsch, Paranoia, die sind froh, ihn endlich los zu sein. Laut fluchend stürmt er weiter: «*Das ist vielleicht ein Scheißladen hier. Allertal. Aller – Knaller. Von wegen, ihr könnt mich alle mal am Arsch lecken.*»

Er will rüberkommen wie ein Irrer, dem man sich besser nicht in den Weg stellt, weil er sonst endgültig durchdreht und *richtigen* Schaden anrichtet, und das gelingt ihm auch.

Geschafft. Geschafft, geschafft, endlich haben sie es geschafft! Hastig zwängen sie sich in ihren viel zu kleinen Kleinwagen, dann geht's weiter, zur Raststätte *Hildesheimer Börde*, um dort erneut ihr Glück zu versuchen.

Der kleine Herr Diba

Dass die auch keine Toiletten für unsereins bauen können!», grummelt Herr Diba, obwohl er sich eigentlich nicht mehr über so etwas aufregen wollte. Er ist mit einer Körpergröße von nur 99 Zentimetern gerade mal einen Zentimeter größer als der kleinste Mann Deutschlands. Noch dazu ist er furchtbar dünn, wirklich, nur Haut und Knochen, kein wärmendes Fett, keine Muskeln. Nervös rutscht er auf der Klobrille hin und her auf der Suche nach der besten Stellung, dem besten Halt, der sich einfach nicht finden lässt. Geld für eine auf seine Bedürfnisse angepasste Zwergentoilette hat er nicht, und die Krankenkasse kommt für so eine teure Spezialanfertigung nicht auf. Tja, denkt er, ich koste die weiß Gott schon genug. Er leidet wie viele Kleinwüchsige unter Glasknochen, man muss ihn nur scharf angucken, schon ist wieder etwas gebrochen. Vom dauernden Hin- und Herwackeln, -rutschen und -ruckeln hat sich links an der Klobrille die Flügelmutter gelöst, und als er beim Abwischen sein ganzes Zwergengewicht auf die rechte Seite verlagert, springt die Brille heraus, und das Unglück nimmt seinen Lauf: Der winzige Herr Diba rutscht ab und fällt koppheister in die Schüssel. Beim Versuch, sich irgendwo festzuhalten, drückt er aus Versehen die Spültaste und wird von den Wassermassen in den Abfluss gedrückt. Und er ist tatsächlich so dünn, dass er wie ein Schuster oder eine Maus oder Reste der letzten Mahlzeit da reinpasst. Nun rutscht er durch das Fallrohr, wie Besucher von Spaßbädern durch Wasserrutschen, und der letzte Gedanke, bevor er das Bewusstsein verliert, ist: «Ich wusste, dass es eines Tages so kommen würde, ich wusste es ganz genau.»

Der Spiegel

Ostseebad Heiligendamm, Frühstücksraum des Grand Hotel. Ich bitte den Kellner, mir einen SPIEGEL zu bringen. Der stutzt, fragt nach: «Einen Spiegel?» – «Ja, genau, Spiegel.» Daraufhin formt er mit seinen Händen einen Spiegel, also einen runden Standspiegel, einen zum *Sich-drin-Spiegeln*. Ich korrigiere, nein, selbstverständlich sei die Zeitschrift gemeint. Eine leichte Verbeugung andeutend, zieht er sich diskret zurück. Irre Vorstellung: ein ebenso eitler wie durchgeknallter Gast, vor sich statt einer Tasse Kaffee einen großen Spiegel, in dem er sich wohlwollend betrachtet. Köstlich, einfach köstlich, diese Verrückten.

Schwarzes Loch

An einem späten Januarnachmittag hält sein Taxi vor dem *Hilton Düsseldorf*. Eiskalt ist es, kahl, winterstarr. Der zwölfstöckige, 1957 erbaute Hotelklotz erhebt sich drohend vor ihm in die Höhe. 375 Zimmer, zentrale Lage, Ballsaal bis zu 1300 Personen, sogar Autos können hier präsentiert werden.

Die Agentur hat ihm ein Doppelzimmer gebucht. Hm, leider gibt es kein großes, durchgehendes Bett, nur zwei Neunzig-Zentimeter-Einzelbetten, dafür ist das Zimmer in einem besonders ruhigen, abgelegenen Flügel des Hotels. Badewanne wenigstens? Ja. Na dann. Abgelegen, soll ihm recht sein, anonym und abgelegen, Familienhotels sind ihm ein Gräuel, er bevorzugt Ketten. *Nummer 1240, zwölfter Stock, links, ganz hinten. Frühstück von 6.30 bis …* Laber, laber, denkt er und schaltet auf Durchzug, wünscht sich weg, wünscht, es wäre schon morgen. Geht ihm öfter so, gleich beim Einchecken ist er eigentlich schon wieder weg. Dies ist ein verlassener Ort, seine Trostlosigkeit ist absolut, denkt er auf dem Weg zum Fahrstuhl.

Abgelegener Flügel ist noch untertrieben, dieser Teil des Hotels wirkt unbewohnt, tot, kein Mensch auf den langen Fluren, weder Gäste noch Personal, keine Tabletts mit schmutzigem Geschirr vor den Türen, keine «Bitte nicht stören»-Schilder oder sonstige Aushänge an den Zimmern, die niedrigen Decken mit den Wabenelementen und der schwere Teppichboden schlucken jeden Schall.

Sein Zimmer ist klein, düster, dunkel, deprimierend. Es riecht nach Staubsauger und verrottetem organischem Material, als hätte jemand seine Rühreier in den Teppichboden getreten, dieser Geruch, von dem häufig die Foyers billiger Hotels durchdrungen sind, geht im Leben nicht mehr raus. Das ist doch nie im Leben First Class! Bei Luxushotels muss ein Doppelzimmer mindestens 22 Quadratmeter groß sein; dieses hier hat höchstens 15 oder 16. Letzte Renovierung 2005? Glatte Lüge. Lächerlich. Früher Achtziger-Jahre-Standard. Seiner Einschätzung nach ist das Ganze drei, dreieinhalb Sterne *wert*, mit Augenzudrücken vier. Das ist hier ja fast wie im Maritim Grand Hotel in Hannover, kurz bevor der Betrieb eingestellt wurde und in dem maroden Kasten Flüchtlinge untergebracht wurden, kann er sich noch gut dran erinnern. Morbide, abgeranzt, schäbig, trotzdem war noch die Grandezza vergangener Tage spürbar, hatte was. Sogar das fehlt hier.

WLAN funktioniert nicht, Netz gibt's auch keins. Eine verdammte Gruft ist das, vielleicht ein ehemaliger, zum Hotel umgebauter Weltkriegsbunker.

Um 19 Uhr ist sein Termin. Bevor er geht, beschwert er sich noch an der Rezeption, bei einem dumpfen, teigigen Mann mit vorstehendem, fettem Bauch und blutig rasiertem Gesicht. HERR SCHNEIDER steht auf dem Namensschild. Er hat bislang nur schlechte Erfahrungen gemacht mit Leuten, die Schneider heißen. Schmidt, Schulz, Schneider, irgendwas stimmt *generell* nicht mit Es-Ce-Ha-lern.

Kann der sich nicht vernünftig rasieren? Wie können die so einen am Empfang beschäftigen, der gehört in den Maschinenraum, weggeschlossen gehört das arme Schneiderlein, abgeschirmt von jeder Öffentlichkeit.

Der Angestellte zuckt nur mit den Schultern, solche Klagen muss er sich mehrmals täglich anhören. Leider sei in diesem, *seinem* Teil des Hotels der Empfang tatsächlich schlecht. Aha. Ja, da könne man nichts machen. So, so, nichts machen. Man *könnte* schon, will aber nicht! Wirbittendieunannehmlichkeitenzuentschuldigendürfenwirsiealskleineentschädigung ... STANDARDGESCHWAFEL. Presst seinen auswendig gelernten Text hervor, stumpf, einfach nur stumpf. Aber kann einem ja auch leidtun, dieses durch und durch arme Schwein in seiner lächerlichen Dienstuniform: schwarzes Hemd, hellgrüne Weste, hellgrüne Krawatte. Er überlegt, woher er diese Kombi kennt. Hotel Lindner in Dresden! Da saß ein *einziger* schwarz-grüner Laubfrosch vor dem in die Jahre gekommenen PC, obwohl ein Dutzend Leute gleichzeitig einchecken wollten. Anstatt Verstärkung anzufordern, schob der Dienst nach Vorschrift. Solche Kanaillen sind einfach nicht in der Lage, eine Situation einzuschätzen, und gegebenenfalls *selbständig* Entscheidungen zu treffen. Und die Gäste? Stehen treu und brav an, lassen sich alles gefallen, nehmen ihr Los hin wie Schlachtvieh. Wieder mal musste *er* auf den Putz hauen, sich unbeliebt machen.

Schneider, der Blutige, bietet ihm an, er könne in eines der unteren Stockwerke umziehen, dort seien allerdings lediglich noch Einzelzimmer frei. EINZELZIMMER?! Gott bewahre, das hieße ja *noch* kleiner, und überhaupt, umziehen, keine Zeit, keine Kraft, eine Nacht muss er dann eben durchstehen. Gleich morgen wird er seiner Agentur Bescheid geben, nie wieder dieses Drecks-Hilton, das sollen die eintragen!

Bereits um halb elf ist er zurück, viel früher als erwartet. Normalerweise ist er froh, endlich wieder im Hotel zu sein, aber heute? Sich zu anderen Geschäftsleuten oder Leuten oder Gästen auf einen *Absacker* (wie er das Wort hasst) in die Bar zu setzen kommt nicht in Frage. Trinkt man zu viele Absacker, läuft man Gefahr, selber *noch* mehr abzusacken. Und mit den armen Schweinen da rumhocken färbt am Ende ab; wie die auf ihren Hockern kauern, mit leeren, vom langen Tag erschöpften Gesichtern. Ohne erfolgreiche Abschlüsse, ohne irgendwas. Lautlose Trinker, die in Erdnuss- oder sonstwelchen Schälchen grabbeln und hoffen, dass sich noch eine attraktive Frau hierher verirrt, heute, zufällig heute, nur heute zufällig, wo es doch so dringend nötig wäre. Wirklich. Bitte.

Also ab nach oben in den Zwölften, jenseits von gut und böse. Vor ein Uhr wird es erfahrungsgemäß nichts mit Heia. Bedeutet Alkohol und Fernsehen, bis der Schlaf ihn erlöst. «Einsam in traumöden Wüsten, sturmgepeitscht weht mein Schatten über endlosen Flächen hin und her wie ein Mann am Galgen», fällt ihm ein. Woher ist das, woher hat er das? Egal. Flasche Wein auf und Zähne putzen. Ein gutes Gefühl, vor dem Trinken noch die Zähne zu putzen.

Wo ist denn eigentlich seine elektrische Zahnbürste? Er hätte schwören können, dass er die auf die Ladestation gesteckt hat, wie er es routinemäßig immer tut. Tja, heute wohl nicht. Wo *ist* die? Den Schlafanzug kann er auch nicht finden. Aber jetzt noch suchen? Irgendwo werden die schon sein, werden schon wieder auftauchen, die Teile. Er setzt sich mit ungeputzten Zähnen und in Unterwäsche auf den einzigen Stuhl. Bevor er ins Bett geht, *muss* er erst noch ein kleines Weilchen sitzen, Stuhl, Sessel, Sofa, egal.

Marotte, erst sitzen, dann liegen, einmal gewöhnt, kann man sich das nur schwer wieder abgewöhnen.

Er starrt in den winzigen Röhrenfernseher. Röhrenfernseher, muss man sich mal vorstellen, ein grotesk schweres, schwarzes, bauchiges Ding aus Plastik, fehlt nur noch, dass da Drähte rausgucken und Qualm aufsteigt. *Polit-Talk*, er hört gar nicht zu, Geräusche und Flimmern, darum geht es.

Heiß, ist das heiß hier. Die Fenster lassen sich nicht öffnen und bei der Steuerung der Klimaanlage steigt wieder mal kein Mensch durch, klein und weiß und vergammelt, mit schwergängigen, vertalgten Reglern. Rott, alles Rott und Schutt. Er setzt sich wieder auf den einzigen Stuhl und schaut in die Röhre, im wahrsten Sinne des Wortes. Plötzlich kommt ihm der Gedanke an Sex, eine schnelle Abfolge expliziter Bildsequenzen schießt ihm durch den Kopf. Auch das noch, lästig, nur mehr lästig.

Er dreht den Fernseher so, dass er im Bett weitersehen kann, dann legt er sich hin. Aus den Augenwinkeln registriert er, dass unter der Tür kurz ein Lichtspalt aufglüht und gleich wieder erlischt. Jetzt bin ich ganz allein, denkt er. Ich muss die Nacht irgendwie überstehen, nur darum geht es. Ja, nur darum noch, das ist mit einem Mal klar. Ein Höllenort, denkt er, luft- und schalldicht, ohne Verbindung zur Außenwelt. Der Polit-Talk ist zu Ende – Trinken, Zappen, Trinken, Zappen, bis die Erschöpfung über ihn sinkt wie ein großer Grabstein und ihm gegen halb zwei endlich die Augen zufallen.

Stunden später wacht er auf, der verdammte Fernseher läuft und rauscht und flimmert und flackert. Griff nach der Fernbedienung. Nicht da. Er legt die immer rechts von sich ab, immer, immer rechts. So ein Elend. Er torkelt schlaftrunken und angesoffen durchs Zimmer, schaut unters Bett, unter den Tisch, unter das *TV-Möbel*, sogar ins Bad. Weg. Unauffindbar. Vom Erdboden verschluckt. Er guckt überall noch ein zweites Mal nach, seine Bewegungen sind seltsam verlangsamt, in Watte gehüllt und unwirklich.

Er kann jetzt nicht mehr, zieht den Netzstecker, legt sich wieder hin. Ruhe, endlich Ruhe. Sein Gaumen fühlt sich an, als wäre er aus Pappe und die Zunge ein Radiergummi. Angst dringt aus der Erde und geht durch ihn wie durch leitfähiges Material, steigt ihm zu Kopf und nistet sich dort ein, eine pelzig-lähmende, bleischwere Angst. Die Angst hat ihm schon so oft das Leben verdorben, all die Zeit, die er mit Angst verschwendet hat, Jahre sind das.

Irgendwann sinkt er in einen dünnen Schlaf, aus dem ihn um neun der Handywecker reißt. Dümmliche Melodie, hätte er schon längst austauschen sollen, ist er nicht zu gekommen, nie kommt man dazu, nie kommt man zu irgendwas. Jemand hat mal gesagt, der Klingelton passe zu ihm, das sollte wohl ein Scherz sein. Hoffentlich. Oder etwa nicht? Seine Eingeweide fühlen sich an, als wären sie zu harten Klumpen vertrocknet. Die Angst ist noch da, jetzt aber nicht mehr dumpf und schwer, sondern sirrend, gleißend, kurz bevor sie in Panik umschlägt, er kennt das.

Bloß weg hier, ohne Frühstück, ohne alles. Apropos alles: Wo sind denn seine *Sachen*? Geldbörse, Brille, Führerschein, Schlüssel, Autoschlüssel, Handy. Die hatte er doch auf dem Schreibtisch abgelegt, wie immer, und jetzt fehlt die Hälfte. *Mehr* als die Hälfte, denn da liegen nur noch Handy und Brille. Da braucht er gar nicht weiter groß zu suchen; wenn die Sachen nicht auf ihrem Platz liegen, sind sie weg! So eine verfluchte Scheiße. Wie kann das sein? Einzige Möglichkeit: Da war einer im Zimmer. Er ist im

Schlaf bestohlen worden. Der Blutige! Der Blutige war's! Ganz klar. Der wollte sich rächen, wie er sich an allen Gästen rächt, von denen er gehasst wird. Er spürt das ganz genau; nachts dringt das Schwein in die Zimmer ein, mit dem Generalschlüssel. Dieses verfluchte Dreckschwein, dieses verfluchte Dreckshotel. Alles scheint verloren, der Untergang unaufhaltsam. Ein schwarzes Loch ist das hier, wer einmal drin ist, kommt nie wieder raus.

Aber jetzt nicht komplett die Nerven verlieren! Kräfte mobilisieren! Erst mal unter die Dusche, hilft immer, runterkommen, wieder halbwegs klaren Kopf bekommen. Akkurat gekleidet, mit frischgewaschenem Haar und glatt rasiert wird er beim *Hoteldirektor persönlich* vorsprechen, niemand Geringeren wird er zu sprechen wünschen.

Aber wo ist denn jetzt die Kulturtasche? Die war doch gestern noch da. Auch weg, auch geklaut? Das gibt es doch echt nicht mehr! Der Blutige, was ist das nur für ein verdammtes Schwein! Er bekommt einen Tobsuchtsanfall, heult vor Verzweiflung, ist kurz vorm Durchdrehen.

Jetzt muss es schnell gehen, sonst ist der Blutige oder wer auch immer das war, über alle Berge. Mit tropfnassem Haar öffnet er den Kleiderschrank. Leer! Dabei hatte er fein säuberlich seinen Anzug aufgehängt, direkt nachdem er wieder auf dem Zimmer war. Weg! Weg! Weg! Oder hat er den in Gedanken versunken im Koffer verstaut?

Aber wo *ist* der Koffer? Der stand vor ein paar Minuten noch auf dem Kofferdingens. Wenn er eins weiß, dann DAS, das weiß er hundertprozentig.

Moment mal! Moment mal. Ihm kommt ein ungeheuerlicher Verdacht. Er muss hier raus, sofort, unverzüglich, bevor auch er vom Zimmer verschl…

Yummy Whoop Fuck

Alles in ihrem Leben dreht sich ums Gewicht. Zunehmen, abnehmen, Diäten, Sport. Bei eins sechsundsechzig wiegt sie irgendwas zwischen 120 und 140 Kilo. Spezialgrößendick, *sehr* dick. So dick, dass auch ihr eigentlich hübsches Gesicht (wenn es nur nicht immer so grotesk überschminkt wäre) es nicht mehr rausreißen kann. Sie hat schönes Haar, eine zierliche, etwas aufstehende Nase, dünn gezupfte und perfekt geschwungene Augenbrauen, hohe Wangenknochen, einen sinnlichen Mund. Darunter geht's dann allerdings los: Mehrfaches Knubbelkinn, das über Brust und asymmetrischer, Falten und Wülste bildender Wampe ragt.

Wenn jemand sie fragt, was sie so macht, antwortet sie: Bloggerin. Ausgerechnet sie, mit ihrem Vokabular auf unterstem Bravo-Girlie-Niveau. Aber tatsächlich: Überall ist sie vertreten, Snapchat, Instagram, Facebook, Twitter. Ihr Motto: «Wer morgens zerknittert aufsteht, hat am Tag die besten Entfaltungsmöglichkeiten.» Oder: «Ich kann meine Träume nicht fristlos entlassen, ich schulde ihnen noch ein Happy End.» Oder: «Ich habe meine Jogginghose in die Waschmaschine getan, damit sie weiß, was Bewegung ist.» Alles natürlich nicht auf ihrem Mist gewachsen. Auf Facebook postet sie mehrmals am Tag, wofür sie zwischen fünf und zehn Likes bekommt. Zur *Influencerin* langt es also noch nicht ganz. Ihr Lieblingsmedium ist Twitter.

An manchen Tagen zwitschert sie im Zehn-Minuten-Takt.

Ich hab seit 36 Stunden nichts mehr gegessen. Mein booty dankt es mir
Sarenza. Best!!
George Clooney ist schwul, ich habs doch gesagt
Ich habe tatsächlich mal ne passende Menge Nudeln gekocht und nicht für eine ganze Kompanie. Yummy!
Jetzt schon der dritte Reinfall mit blabla car. Der Typ hat echt genervt und mich dann noch übel angebaggert.
Martini ist echt krass. Am Arsch der Räuber geht's mir beschissen. Nie wieder Alkohol
Hangover Essen bestellt. Blogger-struggle.

Ein ungeordnetes Sperrfeuer aus verstümmelten Sätzen, Wörtern, Phrasen, Schwachsinn, das beim Lesen eine Art negativen Unterdruck erzeugt. Sie ist gerade 28 geworden, denkt, fühlt und benimmt sich aber wie eine Zwölfjährige und hält sich jedenfalls für rasend witzig. Im TV schaut sie Goodbye Deutschland, GNTM, Celebrity-Promi-VIP-Gossip-Zeug und natürlich Kochsendungen, daneben ist sie auf You Tube unterwegs, BibisBeautyPalace, Cita Maaß, irgendwelche Tutorials.

Ihre penibel aufgeräumte Einzimmerwohnung liegt in einem Neubaugebiet am Stadtrand von Solingen. Wie viele dicke, einsame Frauen liebt sie Katzen über alles. Kater *Al Katzone* ist ihr ganzer Halt, ihr ganzer Trost. Mit dem vergötterten Tier stimmt allerdings irgendetwas nicht: vermehrter Durst, Appetitlosigkeit, Gewichtsverlust. Wahrscheinlich Niereninsuffizienz, hat sie ergoogelt. Sie muss dringend irgendwo Geld auftreiben für den Tierarzt.

Weight drop. Hashtag geil. Geil
Diätplan geändert. Eine Woche Champagner und Thunfischsalat. Check
Hab mir gerade die Beine rasiert. Gemetzel vom feinsten. Brrrr. Ausgehverbot
Shampoo alle. Ist mir noch nie passiert. Whoop!
Überall KATZENHAARE!! Ich euch auch.
Schuhe bei Amazon Prime bestellt. Wie lange brauchen die eigentlich ...What the Fuck.Fuck. Fuck

Sex holt sie sich entweder über einschlägige Internetforen (special interest: mollig und rollig), oder sie stellt sich so lange in einen Club oder eine Bar, bis jemand sie angräbt. Irgendeiner kommt immer. Wenn die Männer dann am nächsten Morgen aufwachen, ist sie längst weg. Sie kann die entsetzten Blicke nicht mehr ertragen.

An manchen Tagen zittert sie von dem Bedürfnis, umarmt, liebkost, gewärmt zu werden. Sie ist zu der traurigen Erkenntnis gelangt, dass eine Frau ab einem gewissen Gewicht offenbar keine Chance mehr hat, geliebt zu werden. Wenigstens halbwegs schlank war sie zuletzt mit achtzehn, seitdem ging es steil bergab. Nun kann keine Diät, kein Workout sie mehr retten und in ein zartes, süßes Wesen zurückverwandeln. An manchen Abenden raucht sie so lange Kette, bis das Nikotin ihren Kummer betäubt.

150 euro für fucking festival tickets. Dabei hasse ich Festivals!
Bist du dement, Bitch??!! Ich weiß wer du bist. denk nicht mal dran, Schlampe!
Von 5 große auf 2 kleine Pickel runter. kriegtrotzdemnekolossalekrise. Yes!!

Ein Leben reicht nicht aus zu erklären wie sehr ich Zahnärzte hasse.
Chinesisch essen und dabei Frauentausch schauen.
Dienstag ist der beste Tag ever.

Letztes Jahr hatte sie eine Affäre mit einem Kölner. Sie war ein paarmal übers Wochenende bei ihm, er war zu bequem, sie auch mal in Solingen zu besuchen. Nachts ist er über sie hergefallen, morgens hat er das Haus verlassen, ohne zu sagen, wohin und wann genau er wiederkommt. Sie hat dann allein in der Wohnung gehockt und sich gelangweilt. Abends, wenn er wieder da war, wurde was beim Lieferservice bestellt. Das Essen hat er immer schon im Treppenhaus in Empfang genommen, keiner durfte sie sehen, noch nicht mal der Mann vom Bringdienst.

Gorgonzooooola schmeckt sooooo geil. FUCKKKKKKK
Haar-Tutorial. Ich steig nicht durch. WAS??
An der Tanke Wodka besorgt. Fragt mich der Verkäufer doch glatt nach meinem Ausweis. Freu
Glitzernagellack und Wimperklimpern. Girl was willst du mehr
McRib, Giros und Erdbeershake.
gibt es eigentlich irgendwo in der Nähe Karaoke???
Will mich mal wieder fremdschämen

Trotzdem hat sie sich in ihn verliebt. Sie ist mittlerweile so ausgehungert, dass sie keine fünf Sekunden braucht, um sich zu verlieben. Der Typ hat sie daraufhin noch mieser behandelt. Anscheinend war er neugierig, wie weit er bei ihr gehen kann. Weit, ziemlich weit, sehr weit. Was er auch mit ihr anstellte, er stieß auf keinen Widerstand. Er hätte sie wahrscheinlich auch foltern können oder sonst was, aber das war nicht sein Ding, oder er wollte sich wegen so einer fetten Psychotante nicht strafbar machen. Manchmal hat er sie angepisst, da hatte er Lust drauf. Sie musste mit geöffnetem Mund so lange vor ihm knien, bis er losstrullte.

Gesichtspeeling, Maske, Haare färben. Timemanagement at its best
Heute mal kein Sport und trotzdem abgenommen. FREUFREUFREUFREUFREU.
Geträumt dass ich von Donald Trump sexuell belästigt wurde. Irgendein Tipp, was das bedeutet?
Ich hab gerade drei Snickers Eis in gefühlt 2 Minuten vernichtet. ...ohgott Hilfe, so muss sich ein Orgasmus anfühlen. grins
Ich glaub mir tut einer heimlich Haarwuchsmittel ins Essen. Pro Tag ein Zentimeter, mindestens.

Nachdem er ihrer irgendwann überdrüssig wurde, hat er sie via *Ghosting* entsorgt. Vor Liebeskummer nahm sie rasend schnell *vierzig* Kilo zu, von denen sie jetzt mühsam die Hälfte wieder verloren hat, allerdings sieht man das kaum. Wie viel sie wohl abnehmen müsste, damit man irgendeine Veränderung bemerkt? Fünfzig Kilo, sechzig, siebzig? Sie kommt über den Typen einfach nicht hinweg, obwohl selbst sie noch nie so schlecht behandelt wurde. Sie ist davon überzeugt, dass sie es verdient hat. Sie verlässt immer seltener die Wohnung. Selbst samstags bleibt sie abends daheim und frisst.

Sport ist Lebensaufgabe. Bodychallenge. Wieder 2 Kilo runter.

gibt es eigentlich noch Taxifahrer, die deutsch sprechen?
Armtraining rauf, Winkfleisch runter. Don't panic
situps und pilates. Done.
Mission glattes Haar. Kann mir mal einer erklären wie
das gehen soll??!!

Die über das ganze Leben verhängte Aussichtslosigkeit und das kaputte Innenleben deformieren sie immer mehr. Die baumdicken Waden sind seltsam nach innen gebogen, der mächtige Hintern sehr breit und gleichzeitig sehr flach. Ihr Kopf wächst langsam in den Hals oder umgekehrt. Obwohl sie mehrmals am Tag duscht, riecht sie bitter. Das schlechte Essen und der billige Alkohol und die vielen Zigaretten und die Tonnen an Schminke haben sie bis in die letzte Pore kontaminiert, sie dünstet unablässig aus.

ich bin so ne krasse Alde, ich glaubs manchmal selbst
nicht.
Noch eine rauchen und dann Sport. Suboptimal aber
was solls.
Hilfe! Was ist eure Bestlineever?
er so: kannst du mir mal deine Nummer geben? Ich so:
Kannst du dich mal bitte verpissen

Immer öfter bleibt sie im Bett. Sie kommt einfach nicht mehr hoch. Die topgepflegte Wohnung vermüllt, dann stirbt auch noch der Kater. Sie macht sich schwere Vorwürfe, weil sie den Tierarzt nicht bezahlen konnte. Immer häufiger überkommt sie eine qualvolle, elektrisierte Angstempfindung, sie hat das Gefühl, als würde sie durch die eigenen Eingeweide gesogen. Sie weint stundenlang, die Schluchzer steigen langsam in ihr auf, als hätten sie Widerhaken. Mascara läuft in Rinnsalen die Wangen hinunter, während sie weiterschreibt.

Pizza, Pizza, Pizza! Fuckin gluten free
neuer Job: emoji Erfinder.lach
Mal wieder Scooter. Geil ist das. Und LAAAAUUUUT!!!!!!!!
Ich glaub ich brauch nen personal chopper.
heute nur 5 Selfies. Rekord.

Doppeltes Navi

Brummifahrer Erich ist heute spät dran. Noch dazu muss er an eine ihm unbekannte Firma Gaube ausliefern, in eine Gegend, in der er noch nie war. Die Nerven liegen blank, und das will schon was heißen, denn Erich lässt sich nicht so schnell aus der Ruhe bringen. «Ich hab schon alles erlebt. Verklemmte Hydraulik beim Abladen, schlafen in der Nothaltebucht, Fahrzeug zu breit für die Fahrspurverengung, muss man riesige Umwege fahren dann, keine Zeit zum Essen, tagelang nur Katzenwäsche. Truckerromantik? Dass ich nicht lache. Von wegen Asphalt-Cowboys oder Kapitäne der Autobahn, das war früher, heute sind die Fahrer Sklaven des Terminzwangs. Aber mit Spaß und Humor bei der Arbeit zu sein, das macht die ganze Sache erträglich.» Doch heute ist wirklich ein harter Tag, seine Lenkzeit ist bis aufs äußerste strapaziert, er stand endlos in einem Achtzehn-Kilometer-Monsterstau, den ausgerechnet ein Truckerkollege verursacht hat: «Gerade die ausländischen Kollegen, schnell, schnell muss das gehen, Sicherheitsabstand kennen die nicht mehr. Und dann der Alkohol. Wo doch der Verkehr immer mehr zunimmt.»

Erich fallen fast die Augen zu. Er sitzt seit dreiundvierzig Jahren hinterm Lenkrad, in zwei Jahren geht's in die wohlverdiente Rente. Doch trotz aller Strapazen ist er für diesen Beruf geboren, schon als Kind fuhr er im LKW seines Vaters mit. «Ich hab nun mal Diesel im Blut. Hinter 'ner Drehbank könnte ich nicht stehen oder im Büro malochen. Hier, im Führerhaus, das ist mein Lebensraum. Tagsüber Arbeitsplatz, abends Küche, nachts Schlafstätte.» *Käfighaltung* nennt er das manchmal. Früher hat er Mähdrescher, Bagger, Windkraftanlagen gefahren, die ganz großen Dinger. Das schafft er nicht mehr, heute sind es Supermarktprospekte oder Druckpapier, alles auf Paletten. Manchmal kämpft er nachts gegen die Schwermut: «Die Sentimentalität, die man in langen Nächten durchmacht, da spricht nicht jeder gerne drüber.»

Sein Ziel liegt in einem unübersichtlichen Gewerbegebiet mitten in der Pampa. Er mag es eigentlich ganz gerne, unter Termindruck zu fahren, mit den Jahren hat er ein Gefühl dafür entwickelt, gerade noch eben rechtzeitig anzukommen. «Ich brauch des. Ich brauch des Kribbeln. Das ist Glück und Können.» Doch heute zerrinnt ihm die Zeit wie Sand zwischen den Fingern, könnte knapp werden.

In seinem Führerhaus hat er gleich zwei Navigationsgeräte installiert, riesige, veraltete Knochen, das eine kriegt noch nicht mal aktuelle Verkehrsmeldungen. Und nun auch noch das: Wenn das eine *rechts* sagt, sagt das andere *links*, wenn ihn das eine geradeaus schickt, befiehlt das andere *bitte wenden*, ungelogen, hü-hott, schwarz-weiß, oben-unten, machen einen verrückt, die Dinger. *In 80 Metern bitte links abbiegen in die Von-Sauer-Straße.* Erich, dem Gemütsmenschen mit dem lieben Gesicht, gehen die Nerven durch. «Halt die Klappe», brüllt er das Gerät an. In dem Moment meldet sich wieder das andere Navi zu Wort: *In 200 Metern bitte geradeaus fahren.* Es reicht. «Ich hass die verdammten Dinger.» Er fährt einfach weiter, der Nase nach, wie früher. Das war's dann wohl. Doch plötzlich taucht wie aus dem Nichts das Gebäude der Firma Gaube auf. Geschafft! Mal wieder geschafft, gerade noch rechtzeitig, just in time, auf die Minute, auf die Sekunde. Wie immer: Alles gut. Begeistert ruft er: «Die ganze Fabrik ist ja kleiner als mein LKW.»

Beim Abladen bekommt er überraschend Hilfe vom jungen Polier, und hinterher kriegt er noch einen Kaffee und liegengebliebene Brötchen vom Tag. Erich ist ausgesöhnt, mit dem Leben und dem Beruf. Zum Glück geht das immer schnell, vergeben und vergessen: «Der Druck und der Stress, alles weg. Ich werd jetzt richtig leer.»

Living in the Past

Mitte April meldet sich völlig überraschend mein Jugendfreund W. Obwohl ich ihn vor Ewigkeiten aus den Augen verloren habe, musste ich regelmäßig an ihn denken. Wie es ihm geht, was aus ihm geworden ist. An die alten Zeiten.

Meine Nummer habe er von der Auskunft, er sei wegen des achtzigsten Geburtstags seiner Mutter für ein paar Tage in der Stadt, ob man sich nicht treffen wolle. Klar, toll, astrein, freut mich, gerne, sehr gerne sogar. Wir verabreden uns für den nächsten Tag um 15 Uhr im Eka (Einkaufszentrum), in der Nähe unserer alten Schule. Ein mit Bedeutung aufgeladener Ort, an dem wir unzählige Stunden verbracht haben.

Viel weiß ich nicht mehr über ihn. Er hat nach der Realschule bei Karstadt eine Lehre zum Einzelhandelskaufmann absolviert. In der Zeit hat er auch seine Freundin und jetzige Frau kennengelernt. Kerstin, Kirsten, Katrin, irgendwas mit K. Ob die immer noch zusammen sind? Dann müssten sie bald Silberhochzeit feiern. Silberhochzeit, wie das klingt. Haben sie Kinder? Arbeitet er immer noch bei Karstadt? Kann man sich ja kaum vorstellen.

W. war ein richtiger Mädchenschwarm, vielleicht sogar *der* Mädchenschwarm überhaupt, hübsch, groß, schlank, blond, Fußballer (Leistungsklasse!), und Gitarre spielen und singen konnte er auch noch. Die Mädchen fanden den zuckersüß. Wie er *jetzt* wohl aussieht? Dick? Haarausfall? An Haarausfall leiden ja fast alle, und dick werden auch fast alle.

Strahlender Sonnenschein trotz durchwachsener Wettervorhersage. Ich bin eine Viertelstunde zu früh und habe Zeit, mich noch ein bisschen umzugucken. Das Eka (Bj. 73) ist in traurigem Zustand und ganz verödet. Damals tobte hier das Leben: Metzger, Bäcker, Sparkasse, Blumenladen, chemische Reinigung, Supermarkt, Bücherhalle, italienisches Restaurant. Einzig die chemische Reinigung hat sich gehalten, sonst reiht sich Dönerbude an Imbiss an Ein-Euro an Backshop.

Ich erkenne W. schon aus der Entfernung am Gang. Seltsam, dass man jemanden nach Jahrzehnten immer noch an seinem Gang erkennt. Aber von wegen dick, er ist noch dünner als früher, geradezu ausgemergelt. «Hallo, du! Schön, dass es so spontan geklappt hat.» Huch, was ist denn mit seiner Stimme los, ganz hoch und brüchig, die klang doch früher anders, oder? Soll man sich umarmen? Vielleicht nachher, beim Abschied. Wir geben uns die Hand. Sein Händedruck ist weich, feucht, es fühlt sich ein bisschen verwest an. Den von mir mitgebrachten Sekt lehnt er ab; er trinke schon seit Jahren praktisch keinen Alkohol mehr, er muss ja immer um Viertel vor sechs hoch, da merkt man schon *ein* Bier, und dann gibt ihm Alkohol auch nichts mehr. Ach so. Ich kann mich erinnern, wie er während der Lehre abends immer drei, vier Halbe getrunken hat. Am offenen Fenster gestanden, Bier getrunken und geraucht. Hat er doch immer erzählt, oder?

Das Rauchen habe er auch schon vor Ewigkeiten eingestellt. Wann genau, könne er gar nicht sagen, vor zehn, vielleicht zwölf Jahren. Ein gutes Zeichen, wenn man nicht mehr weiß, wann genau man die Raucherei aufgegeben hat, dann ist das auf jeden Fall schon sehr lange her.

Aufgeben, einstellen.

Sein Telefon klingelt. Entschuldigung, ist die Mutter. Er ist wirklich dünn, spindeldürr. Dünn mit dünnem Haar, alles an ihm ist dünn und scheint *noch* dünner zu werden, seine Stimme wird dünner, während er spricht.

Ich schlage vor, einen Spaziergang zu unternehmen, Schule, Fußballplatz, *Obstplantage* (eine Art Acker hinter den drei großen Hochhäusern, wusste damals schon keiner, wieso das so heißt). Der Fußballplatz existiert nicht mehr, an seiner Stelle stehen jetzt ein paar auch schon verrottete Spielplatzgeräte. Lebt deine Mutter noch am Wilseder Ring? Nein, seit dem Tod des Vaters vor vier Jahren im Seniorenheim. Ach so. Und du immer noch bei Karstadt? Ich meine es scherzhaft, doch er nickt. Ja, immer noch, aber der tägliche Gang zur Arbeit sei eine richtige Quälerei geworden. Mobbing. Mobbing? Ja, ja. Er sei davon überzeugt, dass man ihn, den verdienten Mitarbeiter, nach über dreißig Jahren Betriebszugehörigkeit loswerden wolle. Lange halte er das nicht mehr aus. Und überhaupt, seit Jahren die Unsicherheit, die ewige Krise bei Karstadt, du weißt, die Medien berichten schließlich oft genug darüber. Damals vermochte man sich nicht vorzustellen, dass Karstadt jemals in eine Krise geraten könnte, niemals, eine Anstellung dort galt als bombensicher, Lebenszeitgarantie. Und das sei damals auch sein Wunsch gewesen, nur deshalb habe er sich für Karstadt entschieden: ein normales, *berechenbares* (das sagt er tatsächlich) Leben ohne großartige Aufs und Abs.

Die einen fühlten sich eingeengt, er hingegen fühlt sich sicher. «Am schönsten ist es doch, wenn alles an seinem Platz steht und sich alles immer wiederholt», sagt er und lächelt etwas unbeholfen. Soll wohl ironisch gemeint sein. Tja, so sei das, aber heutzutage dürfe man so was ja nicht laut sagen, weil man sofort als Spießer abgestempelt werde. Aber du verstehst mich doch? Ja, klar, ich weiß auf jeden Fall, was gemeint ist. Er guckt mich ganz erleichtert an aus seinen müden, traurigen Augen.

Er sei *ehrlich gesagt* immer noch das alte Sensibelchen, nicht robust genug für Machtspiele und einen Aufstieg ohne Rücksicht auf Verluste, er sei *ehrlich gesagt* kein Selbstdarsteller und ihm fehlten *ehrlich gesagt* die Ellenbogen. Ehrlich gesagt, sein Schlüsselwort. Mir fällt der Begriff *schweigende Mehrheit* ein: fleißig, zuverlässig, gewissenhaft, macht kein Aufhebens um sich, zahlt pünktlich Steuern, geht wählen. Und so weiter. Trifft alles zu auf ihn.

Und was ist mit der Frau (jetzt bloß keinen falschen Namen sagen)? Ja, mit *Heike* sei er immer noch zusammen. Seit die beiden Kinder aus dem Haus seien, arbeite sie wieder Vollzeit. Sie sei erfolgreicher als er, verdiene auch besser, was aber kein Problem sei.

Und sonst so? Eigentlich habe er sich kaum verändert, er sei immer noch der Alte. Hört die Musik von früher, schaut sich Serien aus den Achtzigern an, jetzt natürlich auf DVD. Im Kino sei er schon ewig nicht mehr gewesen und neue Platten habe er sich seit Jahren auch keine mehr gekauft. Bücher? Ja, er lese gern die alten Jugendbücher, Moby Dick, Schatzinsel, Emil und die Detektive, Ruf der Wildnis. Und eine Auswahl an Ravensburger Taschenbüchern. Diese Bücher lese er quasi *alle Jahre wieder*, immer wieder spannend, immer wieder neu. Seinem talentierten *Fi-*

lius habe er Gitarre beigebracht. Gelegentlich spielten Vater und Sohn nun die alten Songs: *Living in the Past* von Jethro Tull, *Sailing*, die Hits von Elton John, Supertramp und natürlich die Beatles. Unverwüstliche Klassiker. Das war noch *Songwriting*, nicht wie heute, wo alles aus dem Computer kommt und der die Musik auf Knopfdruck ausspuckt. Mhh, so genau scheint er sich nicht auszukennen. Ich habe keine Lust, zu widersprechen oder das richtigzustellen.

Dann bin ich an der Reihe. Ob ich noch Kontakt zu Ehemaligen hätte? Schulkameraden, Freunde oder welche aus der christlichen Gemeinde. Nein. Oder, warte mal. Vor fünf Jahren oder so gab es ein Klassentreffen. Klassentreffen? W. wird hellhörig. Maren, war die auch da? Welche Maren denn? Na! Maren Wolff, wer sonst? Ja, die war da. Und? Gut sah sie aus, top in Form, zwischen all den dicken Muttis. Obwohl sie selbst drei oder sogar vier Kinder hat. Und, verheiratet? Glaub schon, die sind ja alle verheiratet, mittlerweile in der zweiten oder sogar dritten Ehe. Ach, die Maren. W. wird ganz sentimental. Die würde er gerne mal wiedersehen. Warum? Um sich bei ihr zu entschuldigen. Entschuldigen, wofür denn? Er ist jetzt ganz bedröppelt. Er habe sich damals sehr schlecht benommen, *ausgenutzt* habe er sie und dann Schluss gemacht. Was heißt denn das? Petting, *Heavy Petting* sogar, das erste Mal, dass Maren so weit gegangen sei. Und als sie sich dann richtig in ihn verliebt hatte, habe er sie abserviert. Und dafür wolle er sich entschuldigen.

Was soll man dazu sagen? Gewissensbisse, nach so langer Zeit. Meint er das ernst? Ja, es beschäftigt ihn wirklich. Ob ich Marens Adresse hätte, Telefonnummer, E-Mail, irgendwas. Er habe schon im Netz recherchiert, aber unter

Maren Wolff mit zwei ff habe er sie nicht gefunden. Wie heißt die denn jetzt mit Nachnamen? Keine Ahnung. Keine Ahnung? Nein. Er schüttelt den Kopf. Schade.

Wolken ziehen auf, langsam wird es kühl. Ob wir noch irgendwo eine Kleinigkeit essen wollen. Gerne, aber hier *ist* ja nichts mehr. Doch, Celler Hof, weißt du noch? Ja klar. Ein schäbiger Gasthof mit Festsaal, da haben wir unser erstes Bier getrunken. Das sei jetzt ein Steakhaus. Sonst falle ihm auch nichts ein, jedenfalls nichts in der Nähe. Wir könnten in seinem Auto hinfahren und später würde er mich dann wieder zurückbringen. Ja, okay, so wird's gemacht.

Das *Asado-Steakhaus* ist genauso schrottig, wie der Celler Hof es damals war. W. bestellt Huftsteak, ich nehme den Fitnessteller, kann man eigentlich nicht viel falsch machen. Im Asado-Steakhaus allerdings schon. Während des Essens kramt W. weiter in Erinnerungen, er ist von Erinnerungen ganz besessen. Weißt du noch, Maik? Der dicke Maik? Mit dem habe er sich auch treffen wollen, aber der wollte nicht. Weil er bis heute nicht verwunden habe, dass W. ihm die Freundin ausgespannt hat. Ach. Wusste ich nicht. Doch, doch, wo sich Maik mit Mädchen doch so schwergetan habe. Und dann kriegt er *zufällig* mal eine ab, und dann so was. Schweinerei. Ganz verbittert war der am Telefon. Der ist wohl immer noch nicht drüber hinweg, nach dreißig Jahren, muss man sich mal vorstellen.

Maik also auch. Nicht vom Fleck gekommen, im schlechten Sinne immer der Alte geblieben, alte Musik, alte Filme, alte Bücher, alte Zeiten, festgefressen in alten Gefühlen und dann bis zum Lebensende eingesponnen in einen Kokon unguter Erinnerungen.

Als wir auf die Straße treten, fängt es an zu regnen. Aprilwetter eben. W. fährt mich zurück zum Eka, und wir bleiben da im Auto sitzen und warten, bis es aufhört. Die Wischer lässt er an. Es ist nichts zu hören außer Regen und dem rhythmischen Tickern der Scheibenwischer. Es regnet jetzt nicht einfach, das Wasser stürzt vom Himmel.

«Weißt du noch?»

«Was?»

«Als wir in Dänemark waren, da hat es doch auch so geregnet.»

Dänemark? Wann waren wir denn in Dänemark? Ach ja, 1982! Nein, korrigiert er, 1981. Unser letzter gemeinsamer Urlaub. Hat es da denn dauernd geregnet? Ich kann mich nicht erinnern. Er sich schon.

Er zehrt von diesen Erinnerungen. An die zwei, drei Sommer, Mitte der Siebziger, als das Leben so lang zu sein schien, dass kein Ende abzusehen war. Die Flammen der Erinnerung lodern immer heller auf, und ihn überkommt eine stechende Sehnsucht nach der verlorenen Welt, der ewig entschwundenen, niemals wiederkehrenden Zeit, die rückblickend so viel heiterer, glücklicher und aufregender scheint, als sie in Wirklichkeit war. Als reiße ein Vorhang in seinem Gehirn entzwei, suchen ihn die Bilder in immer schnellerer Folge heim. Ich komme kaum noch mit. Wenn er doch nur zurückkönnte, für immer nach 1978!

Der Regen hört so plötzlich auf, wie er angefangen hat. Time to say goodbye. Dann sagt er: «Irgendwann kommt der Augenblick, wo man spürt, dass man ganz am Ende von dem angekommen ist, was einem passieren kann. Weißt du?» – «Ja, glaube schon.» Noch im Auto sitzend, umarmen wir uns jetzt doch noch.

Der Hundesitter

In der Nachbarschaft einer, Steffen, der von staatlicher Unterstützung lebt und sich als Hundesitter unter der Hand was dazu verdient. *Steffens Gassi Service* nennt er das, nennt er sich: «Ein kompetenter, zuverlässiger und liebevoller Gassiservice. Zwei Stunden abwechslungsreiches Dogwalking in der Natur, bei jedem Wetter, im Sommer wie im Winter, sowie ein weiterer Spaziergang am Nachmittag bei der Ganztagsbetreuung, Abhol-und Bringservice inklusive.» Er betreut die Tiere mal nur stundenweise, mal mehrere Wochen am Stück, wenn die Besitzer in Urlaub sind. Manchmal geht er mit sechs Tieren gleichzeitig Gassi, eine Plage ist das, weil die zum Teil riesigen Tölen dann dauernd im Weg sind, sich in den Leinen verheddern, jaulen, bellen, schnüffeln, hecheln, speicheln, schnuppern und ewig nach nassem Hund stinken

Vor seiner Laufbahn als Hundesitter hat er in der Gegend hier gejobbt, Kiosk, Gastronomie, bei einem kleinen Musikalienhandel. Überall ist er schnell wieder rausgeflogen. Er kann einfach nicht pünktlich sein, kann sich nicht anpassen, trinkt zu viel, raucht zu viel. Nichts Richtiges gelernt, bringt von sich aus keine *Leistung*. Auch kann er nicht mit Menschen, konnte er noch nie, aber seit sein Freund ihn verlassen hat, ist es richtig schlimm geworden, ein Wunder, dass die Leute ihm ihre Hunde anvertrauen.

Ewig trägt er die gleichen Klamotten, Armeehose, Joppe

und löchrige Schuhe in Tarnfarbe. Der ganze Mann ist irgendwie vergnubbelt und verstrubbelt und verschmuddelt. *Kartoffelig.* Ein Rübentyp, Kartoffeltyp. Als Schwuler in der DDR (Frankfurt / Oder) hatte er nicht gerade einen leichten Stand. Mit fünfundzwanzig dann endlich, endlich lernte er einen Mann kennen, der *gerade* auf das Kartoffelige, die kurzen, dicken Beine, die Knubbel abfuhr. Es gibt bekanntlich nichts, was es nicht gibt. Riesenglück für Steffen. Seinetwegen ist er nach Hamburg gezogen, und alles schien doch noch halbwegs gut zu werden. Bis sich der Freund, seine große Liebe, *ohne Angabe von Gründen* von ihm trennte. Er erlitt daraufhin einen Totalzusammenbruch und musste für drei Monate in die Psychiatrie. Würden seine Eltern noch leben, wäre er sicher zurück nach Frankfurt / Oder gegangen.

Seitdem hockt er in seiner ranzigen Bruchbude und verwahrlost. Er schafft es nicht, sich unter die Dusche zu stellen. Er schafft es nicht, die Klamotten zu wechseln. Er schafft es nicht, sich die Zähne zu putzen. Er schafft es nicht, sich Nägel, Nasen- und Ohrenhaare zu schneiden. Muss man sich mal vorstellen, dass einer das partout nicht schafft, aber er würde eher das Matterhorn rückwärts besteigen, als in die Badewanne zu klettern.

So gesehen sind die Hunde genau das Richtige, die stört sein süßsaurer Körpergeruch nämlich nicht, im Gegenteil, die fühlen sich in der Messiewohnung pudelwohl. Eine neue Liebe wird er in diesem Leben nicht mehr finden, deshalb macht er in seiner Not gelegentlich mit den Hunden rum, wofür er sich entsetzlich schämt. Lange geht das nicht mehr gut, denn ein Klient hat bereits Verdacht geschöpft, weil sich der Hund so seltsam benimmt. Außerdem häufen sich Beschwerden der Nachbarn wegen der üblen Gerüche, die aus seiner Wohnung dringen. Und dann hat er eine Vorladung vom Amt bekommen, weil ihn jemand verpfiffen hat wegen Schwarzarbeit.

Bald wird der Tag kommen, wo ihm die Tiere weggenommen werden und er alleine in der Hundewohnung haust, nur ohne Hunde, ohne Menschen, ohne alles. Man hört doch immer wieder von Fällen, wo dreißig halbtote Katzen, Hunde und Meerschweinchen in einer Miniwohnung inklusive Besitzer vor sich hin vegetieren. Die Halter können nicht belangt werden, weil sie schuldunfähig sind wegen psycho.

Was passiert eigentlich mit solchen Leuten, so Tierquälern? Interessante Frage. Werden die von einer geheimen Behörde in einer unbewohnten Ecke, einem versteckten Winkel Deutschlands, *ausgesetzt*, aus der sie nie wieder rausfinden und wo sie dann selbst vertieren? So eine Behörde gibt es sicher, wie es doch schließlich für alles eine Behörde gibt.

Noch dreht Steffen seine täglichen Runden, aber die Behörde hat ihn längst schon auf dem Kieker.

Lothar Späth

Der ehemalige CDU-Spitzenpolitiker und langjährige Ministerpräsident Baden-Württembergs Lothar Späth ist am 18. 3. 2016 gestorben. An Demenz habe er gelitten, in einem Pflegeheim in der Nähe Stuttgarts seine letzten Lebensjahre verbracht. Das wird jedoch nicht etwa in der Tageschau vermeldet oder auf Seite eins, sondern ist nur noch eine Randnotiz wert. *Vermischtes.*

In diesen Wochen sind ungewöhnlich viele Prominente gestorben, die meisten davon «Promis». Ehemalige TV-Casting-Kandidaten, Soap-Darsteller, der Star einer Teeny-Band; alle sorgten für größere Schlagzeilen als der Spitzenpolitiker der Kohl-Ära.

Nach seiner Zeit als Politiker wechselte das «Cleverle», so sein Spitzname, in die Wirtschaft. Späth war als Chef der Jenoptik überaus erfolgreich, bis er über irgendwelche fehlerhaften Reisekostenabrechnungen oder so was stolperte, ein unrühmliches, auch irgendwie peinliches Ende.

Sang- und klang- und notizlos ist er nun verloschen, und kaum einer erinnert sich noch an den Mann, der beinahe mal Bundeskanzler geworden wäre.

Zwei Gnome

Anfang August. Eine seit Wochen andauernde Hitzewelle hat das Land fest im Griff. Die Hitze ist unangenehm und seltsam, sie scheint nicht von der Sonne zu kommen, man sieht die Sonne gar nicht, man bringt die Hitze nicht mit der Sonne in Verbindung. Es ist einfach Hitze. Hitze von irgendwoher. Der Himmel glänzt weiß von stehender, über der Stadt gefangener Luft. Die Menschen sind mürbe, aggressiv, die Nerven liegen blank.

Gegen 14 Uhr, Lidl-Supermarkt, ein irrer Zufall: Zwei gleichermaßen unter starker Skoliose leidende, sehr kleine Männer um die sechzig. Der eine (Gnom 1) steht noch in der Schlange, der andere (Gnom 2), völlig erschöpft von Hitze und Tagesaufgabe *Einkauf*, packt seine Sachen vom Einkaufswagen in die mitgebrachten Beutel um. Dabei steht er ein bisschen im Weg. Kein Drama, man muss nur einen kleinen Bogen um den kleinen Mann schlagen, was auch alle Kunden rücksichtsvoll tun. Nur Gnom 1, noch in der Schlange stehend, fixiert seinen Leidensgenossen hasserfüllt. Grimmige, stechende Augen, schmaler, harter Mund, nur noch wenige Zähne, zwei oben, links und rechts von der Mitte wie bei einer Giftschlange. Das sieht vielleicht aus. Wütend umklammert er den Griff des Einkaufswagens, bis das Weiße aus den Knöcheln tritt, dass man befürchten muss, seine Finger zerbrechen wie Salzbrezeln. Er kann es gar nicht abwarten, bis er endlich dran ist. Seine roten Nasenlöcher zittern vor Erregung. Ich ahne schon, was gleich passiert. Und tatsächlich, Gnom 2 verstaut noch umständlich seine Geldbörse, gleich würde er das Feld räumen, da erschreckt ihn Gnom 1 mit «HALLOOOOO, KÖNNEN SIE MAL DEN WEG FREI MACHEN?» zu Tode. Es klingt merkwürdig schrill und metallisch, eine Stimme wie aus einem Sprechfunkgerät.

Gnom 2 ist so perplex, dass er wie angewurzelt stehen bleibt. In seiner viel zu großen Jacke (wahrscheinlich aus einer Zeit, in der er noch normal groß war) wirkt er wie ein Rabe. Ungläubig schaut er aus der Wäsche, die dichten grauen dünnen Haare sehen aus wie frischgeschlagenes Eiweiß.

Gnom 1 dauert das alles entschieden zu lange, er stößt wütend seinen Einkaufswagen gegen den von Gnom 2, der verängstigt zurückweicht und weiter schweigt. Viel fehlt nicht, und Gnom 1, jetzt vollkommen außer Rand und Band, haut ihm eine. Sein Leidensglück ist der Hass, alter, verbrauchter Hass, den man bei Gelegenheit mal austauschen müsste, so wie Ölwechsel.

Es ist also das ganze Gegenteil von Solidarität zwischen zwei Leidensgenossen: *Wenn* einer einem Gnom an den Karren fahren darf, dann nur ein anderer Gnom.

Ich sehe sie schon ihre Einkaufswagen erklimmen, mit denen sie dann, wie Ritter in einem Turnier, einen Kampf auf Leben und Tod austragen. Kunden, Kassierer, der Marktleiter kämen herbeigeeilt, um Wetten auf den Ausgang abzuschließen.

Janine

Gießen, Anfang Februar, Best Western Hotel (3 Sterne, kostenloses WLAN / Frühstück inkl.). Die Welt ist kalt und winterstarr, der Himmel eisengrau. Es hat ihn beruflich für eine Woche hierher verschlagen. Janine lernt er beim Einchecken kennen. Ein kleiner Flirt, er fasst sich ein Herz, fragt, ob sie später noch einen Drink an der Hotelbar nehmen wollen. Ja, warum nicht. So um zehn? Passt.

Das Erfolgserlebnis beflügelt ihn und trägt ihn durch den Tag. Wurde auch mal wieder Zeit. Er empfindet das, was er erlebt, seit geraumer Zeit als nicht mehr ausreichend. Und Janine ist genau sein Typ. Ordentlich was dran, trotzdem mädchenhaft, leicht abstehende Ohren (fand er schon immer reizvoll), im Kinn ein süßes Grübchen. Wie alt mag die sein? Vierzig, um und bei. Wenn eine Frau sich auf ein Treffen mit einem fremden Mann an einer Hotelbar einlässt, hat das auf jeden Fall was zu sagen. Man muss es nur richtig anstellen. Man kann eine Kleinigkeit falsch machen, aber man kann ebenso gleich alles falsch machen.

Die Bar ist leer, das Licht grell und hart, keine Musik, trist, wenig einladend. Drei Sterne eben. Einheitshotels mit Einheitsdrinks, Einheitszimmern und Einheitspersonal. Absacker erlaubt, *ver*sacken verboten. Punkt zehn kommt sie. Guter Gang, denkt er.

Schön, dass es geklappt hat, was möchtest du trinken?

Weißwein, gerne Weißwein. Er winkt nach dem Barkeeper, einem dürren, rotblonden Schlaks mit blassem Ziegengesicht, dessen Ziegigkeit noch durch einen schütteren Ziegenbart unterstrichen wird. Was haben Sie denn an Weißwein da? Seit Ewigkeiten schon hat er vor, sich *Grundkenntnisse Wein* draufzuschaffen. Irgendwas kommt immer dazwischen. Auf der Karte stehen Riesling, Grauburgunder, Chardonnay, Sauvignon Blanc. Können Sie was empfehlen? Ziege empfiehlt Grauburgunder. Neun von zehn Barkeepern in Einheitshotels empfehlen Grauburgunder. So viel immerhin weiß er.

Sie: Und, was machst du so in Gießen?

Fortbildung. Er sei Dozent und bilde fort.

Aha, und, wie gefällt es dir hier?

Kann ich noch nicht beurteilen, ich bin ja gerade erst gekommen, vielleicht habe ich in den nächsten Tagen Gelegenheit, mir die Stadt anzuschauen. Und du?

Sie sei tatsächlich von hier, besuche ihre alleinerziehende Schwester, die das erste Kind bekommen habe. Weil die Wohnung winzig ist, sei sie in einem Hotel abgestiegen. Spannend, in der Heimatstadt Hotel.

Was für ein Dozent er ist, interessiert sie anscheinend gar nicht. Na dann, er wird einen Teufel tun, sich aufzudrängen. Früher hat er oft gleich immer *alles* erzählt; was er macht, was er weiß, was er will, worauf er hofft. Fehler, schwerer Fehler sogar.

Eigentlich sei sie Drehbuchautorin. Ach. Dann kennst du sicher die Filmakademie Baden-Württemberg, in Ludwigsburg? Sie macht eine wegwerfende Handbewegung, als habe er eine besonders dämliche Bemerkung gemacht. Drehbuch könne man nicht studieren, entweder man habe Talent oder nicht. Wie in allen künstlerischen Berufen komme es auf die Ideen an. In ihr sprudele es unentwegt, sie entwickle Plots quasi im Schlaf. Berufung. Oft wache sie nachts auf und notiere die Einfälle, die ihr im Schlaf gekommen seien. Im Übrigen sei das Handwerk, seien die *Basics* leicht erlernbar. Kennst du STORY von Robert McKee? Nein. Dumme, unverschämte Frage, woher sollte er abseitige Fachliteratur kennen? Das sei die Bibel für Drehbuchschreiber, da stehe *alles* drin. Dann benötige man noch das Software-Programm *Final Draft* (Chrashkurs, halbe Stunde, und man hat's drauf), und das war's, der Rest sei Inspiration, Punkt, Ende, Aus.

Sie stellt ihr leeres Glas auf den Tresen und winkt Ziege herbei. Eieiei, die hat ja einen Zug am Leibe. Ziege schenkt nach und guckt dabei erstaunlich dumm und ziegig. Was, wenn ein einsamer Gast auf die Idee käme, sich mit ihm unterhalten zu wollen? Aber vielleicht verfügt Ziege ja für den Ernstfall über einen geheimen Vorrat an Gesprächsstoff.

Weiter im Text: Sie sei vom Typ her sehr selbstkritisch, übertrieben selbstkritisch, aber die Leute – und zwar keineswegs nur Family & Friends – würden immer wieder bestätigen, wie gut *ihre Sachen* seien. Würden sich totlachen über die gepfefferten Dialoge. Gepfeffert, denkt er, was für eine Formulierung, sagt doch heutzutage kein Mensch mehr. Ihre Spezialität seien Schlüsse, überraschende Schlüsse, Schlüsse, mit denen keiner rechne. So *geil* sind die manchmal, warte, ich erzähl dir mal ein Beispiel. Willst du hören? Er nickt mechanisch. Bitte, lieber Gott! Eine Frechheit, ihn so vollzulabern. Wer hatte eigentlich die Scheißidee, sich zu treffen? Er ja wohl. Leider. Herrjemine.

Hier in dem harten Licht sieht sie abgekämpft aus, ihm fallen nun die kleinen gelben Hautsäcke unter den Augen auf. Die werden bestimmt bald größer, denkt er. Sie trägt immer noch den terpentinfarbenen Hosenanzug von heute Nachmittag. Für einen kurzen Moment kriecht ihm eine leichte Schweißwolke in die Nase. Die hat seit heute morgen in der Frühe nicht geduscht, denkt er, und stellt sich vor, wie sie riecht, wenn sie nackt ist. Wenn die erst angefangen hat mit ihrer Drehbuchinhaltsangabe, hört die nie wieder auf. Was also tun?

Er habe da mal eine Frage. Hä??? Sämtliche Muskeln in ihrem Gesicht verziehen sich zu einem einzigen *Hä*? Wo sollen denn noch Fragen offen sein? Die Branche, sagt er, sei doch bekanntermaßen ein *Haifischbecken* (er versucht sich ihrem Vokabular anzupassen), und wenn man nicht über den passenden *Stallgeruch* verfüge, habe man wenig Chancen, einen Fuß in die Tür zu bekommen.

Ein Satz, der sich mühelos auf ALLE Branchen in der ganzen großen weiten Welt übertragen ließe, aber das müsste doch Wasser auf ihren Mühlen sein, und mit ein bisschen Glück vergisst sie die Inhaltsangabe. Sie beißt an. Ja, richtige Drecksarschlöcher, durch und durch korrupt. Da habe sie an einem Buch geschlagene vier Jahre gesessen. Ein einflussreicher ZDF-Redakteur habe sehr konkretes Interesse gezeigt, wollte den Stoff fürs Kleine Fernsehspiel verfilmen. Doch dann habe er immer wieder unsinnige Änderungen verlangt, x-mal habe sie das Buch auf sein Geheiß umschreiben müssen, was immer Monate gedauert und sie in den Wahnsinn getrieben habe. Aber was sei ihr übriggeblieben. Nach sage und schreibe achtzehn Fassungen meinte der Kerl plötzlich, die Hauptfigur solle kein Mann sein, sondern eine Frau. Muss man sich mal vorstellen! Aus einer Laune heraus. Der Trottel, Idiot, der in seinen *unkündbaren Beamtensessel furzt* (wörtlich, als ob es beim Fernsehen Beamten gäbe) und wer weiß wie viele freie Autoren am ausgestreckten Arm verhungern lässt. Sie habe sich mit dem Buch dann noch bei anderen Sendern die Hacken abgelaufen, aber ohne Erfolg, alles Schweine, alle gleich.

Nach dieser Abfuhr habe sie ihre künstlerischen Ansprüche runtergeschraubt, sei bereit gewesen, Butter-und-Brot-Jobs anzunehmen, Tatort, Fernsehfilme, Serien, sogar Telenovelas. Aber die etablierten Autoren verteidigten ihre Fleischtröge mit Händen und Füßen. Kein Wunder, weißt du, was ein Tatort-Drehbuch bringt? Nein. *Sechzigtausend!* Mit Wiederholungen ein Vielfaches. Die Redakteure würden nur mit bekannten Namen zusammenarbeiten, Neulinge und Quereinsteiger, egal, wie gut die sind, bekämen noch nicht einmal einen Termin, unverlangt eingesandte Manuskripte würden ungelesen entsorgt. Dabei werde doch die Qualität gerade beim Tatort immer schlechter, die bräuchten unbedingt 'ne Frischzellenkur.

Nach acht Jahren vergeudeter Lebenszeit sei sie jetzt erst mal durch mit dem Thema. Zurzeit spiele sie mit dem Gedanken, eine Ausbildung zur Logopädin zu machen. Tja, denkt er, klingt vernünftig, *realistisch*, mach das doch, dann ist Ruhe im Karton.

Sie bestellt das nächste Glas und rückt etwas näher. Er kann den schalen Weingeruch riechen, den ihr Atem herüberträgt. Normalerweise entsteht eine Art Schaltkreis, ein elektrisches Feld, wenn Körper so dicht beieinandersitzen. Bei ihnen nicht. Was Ziege wohl von ihm denkt, dass er sich von der Alten derart zutexten lässt? Sie macht mit abstoßender Hartnäckigkeit weiter: Später habe es sie über

Berlin und Stuttgart nach Frankfurt verschlagen, aber auch dort werde sie es wohl nicht lange aushalten. Sie müsse immer in Bewegung bleiben, bis sie den Platz gefunden habe, an den sie gehöre. Tja, denkt er, dann ist das wohl so. Aber muss man allerallgemeinste Allgemeinplätze auch noch aussprechen? Verpackt in abgenutzten Formulierungen, die ihm die Luft rauslassen, den Saft austrocknen, im wörtlichen wie im übertragenen Sinn. Wie die Leute reden, so sind sie auch und keinen Deut darüber. Noch nie hat sich eine Frau mit dem, was sie sagt, bei ihm so schnell aller erotischen Reize beraubt.

Früher hätte er es ausgesessen, so lange getrunken, bis ihm das Gelaber egal gewesen wäre. Viele bedeutungslose Abenteuer hat er mit Selbstverleugnung bezahlt, mit Verlust der Würde und Peinlichkeiten, deren Erinnerung ihn nach Jahren immer noch treffen wie der Schlag. Aber *das hier* ist es nicht wert. Es gilt, den Absprung zu schaffen, unverzüglich, jetzt, sofort, ohne die *arme Frau* unnötig zu brüskieren. Die arme Frau, so weit ist es schon. Die arme Frau, die bereits ziemlich Schlagseite hat. Ihm fallen die vielen Pigmentflecken auf ihren Schultern auf, er kann nicht anders, als dort hinzustarren.

«Sorry, ich hab heute noch so gut wie gar nichts gegessen.»

Herrje, denkt er, quält die sich in ihrem Alter etwa noch mit Diäten rum? Lass doch locker, Mädchen. *Friss* wenigstens ein paar Nüsse, stehen doch genug von rum, wenn's hier eins reichlich gibt, dann Knabberzeug. Aber Nüsse sind ja der Teufel, zwei Tage Diät umsonst. Sie legt eine Sabbelpause ein. Sabbelwasser ausgegangen, ihr Glas ist jedenfalls schon wieder leer.

Er nutzt die Gelegenheit, um auszutreten. Seine Lippen fühlen sich gedunsen und taub an, und irgendetwas hakt in seiner rechten Schulter, wenn er sie falsch bewegt. Unangenehm, sehr unangenehm. Er schaut sich lange im Spiegel an. Ich sehe aber auch scheiße aus, denkt er, richtig alt. Und fett. In die Hose passt er nur noch mit Ach und Krach, die Ärmel seines Sakkos sind etwas zu kurz. Ein richtig dicker Hampelmann. Kein schöner Anblick. Sein Gesicht ist todernst, voller Sorge, von Verantwortung und Kummer gezeichnet. Wenn er was getrunken hat, dann sieht er nur das: einen älteren Mann, erschöpft, ohne Hoffnung, ohne Wünsche, gleichgültig der Zukunft gegenüber, aus der Summe seiner Defekte bestehend. Schön wäre es, sich vom Spiegel verschlucken zu lassen.

Meine Güte, alles schon schlimm genug, und gleich geht's weiter. Das wird sicher noch schlimmer, wenn die erst *richtig* einen im Tee hat. Was also tun? Direkt aufs Zimmer gehen, toten Mann markieren. Aber nachher laufe ich der die nächsten Tage über den Weg, und dann wird's richtig peinlich. Außerdem muss ich noch zahlen. Herrje. Aber vielleicht haut die ab, wenn ich mich nur lang genug nicht blicken lasse.

Als er nach einer endlosen Viertelstunde zurückkommt, sitzt Janine regungslos auf ihrem Platz. Ihre Körperhaltung hat sich verändert, sie ist in sich zusammengesackt, als wäre sie von einer unüberwindlichen Erschlaffung befallen. Ihr Glas ist immer noch, oder wahrscheinlicher: schon wieder leer. Sie starrt ihn an, als hätte sie seit Tagen auf sein Kommen gewartet.

Die ist untenrum doch ganz schön breit, denkt er, die Erdanziehung. Auf ihrer Stirn steht eine steile, tiefe Falte, etwas Ängstliches hat sich in ihrem Gesicht ausgebreitet. Der Körper kann den Alkohol noch mit Ach und Krach wegstecken, denkt er, aber der Kopf verträgt das Pensum schon lange nicht mehr. Auweia, jetzt wird's richtig deprimierend. Warum immer er? Er hat irgendwas an sich, dass Menschen schnell Vertrauen zu ihm fassen. Er würde zu gern wissen, was, dann würde er es sofort abstellen.

Ihr ganzes Leben, also nach dem mit Ach und Krach bestandenen Abi und dem sich anschließenden einjährigen *Work and Travel* in Australien, habe sie *rumgeeiert*, ohne konkretes Ziel in den Tag hineingelebt. Seltsam, denkt er, immer sind es die Australienleute, die nicht auf die Beine kommen, ist ihm schon öfter aufgefallen. Woran das wohl liegt? Ihm fällt keine plausible Erklärung ein. Sie habe Zeit, Kraft, eigenes Geld in aussichtslose Projekte gesteckt, sei immer wieder *behumst* worden, insgesamt 13 000 Euro verloren. Zu naiv. Zu gutgläubig. Aha. Er murmelt etwas Nichtssagendes und versucht, mitfühlend auszusehen.

Mein Gott, kann Ziege nicht mal Musik anmachen? Und das Licht ein bisschen dimmen? Unvorteilhafter geht es kaum. Das brutale Weiß zeigt, wie grob Janines Haut ist, wie verfärbt ihre Zähne sind. Er sieht bestimmt auch nicht besser aus. Falten, Runzeln und Furchen, denkt er, nichts als Furchen, Falten und Runzeln. Aber keine geilen, ungeile. Sie bestellt ein weiteres Glas (Nr. 4? Nr. 5?). Ziege schenkt jetzt randvoll. Bei Weißwein schenken die zunächst genau bis zum Strich ein und spätestens ab dem dritten Glas knallvoll, überschwappmäßig.

Seit drei Jahren mache sie eine Analyse. Bei Berit. Wieso nennt die ihre Therapeutin beim Vornamen? Analyse bei Berit, denkt er, das kann dauern. Irgendwann geht man nicht mehr hin, aber geheilt ist man deshalb natürlich nicht, niemals. Das seelische Unglück verbreitet sich heutzutage epidemisch, wie Adipositas, beispiellos, noch nie da gewesen. Er stellt sich vor, er wäre Berit. Was soll man einer verhaltensgestörten, labilen, orientierungslosen Daseinssurferin wie Janine raten? Auf den Boden ihres Elends niederknien und beten.

Sie spricht in einem schlampig eingeübten Jargon über ihre Therapie, benutzt Nullwörter wie *prägnant, strukturell, progressiv, radikal, konkret* usw. Ihre vorhin noch wohlklingende Stimme ist jetzt laut, verschliffen und unakzentuiert. Mit einem Mal überfallen ihn Zweifel, ob von dem, was sie sagt, auch nur ein einziges Wort wahr ist. Vielleicht ist alles frei erfunden. Er kennt Frauen, bei denen grundsätzlich alles gelogen klingt, obwohl man ihnen damit unrecht tut.

Er sehnt sich nach seinem Einheitszimmer. Herrliche Vorstellung, allein im Bett, Flatscreen an, Runde wichsen und dann pennen. Er pult am tauben Stück Haut auf dem Zeigefinger, die Stelle, wo er sich vor hundert Jahren beim Brotschneiden geschnitten hatte. Warum in Gottes Namen beendet er dieses Trauerspiel nicht einfach? *Sorry, ich muss morgen früh raus, war nett dich kennengelernt zu haben / war ein schöner Abend / mach's gut, man sieht sich / schlaf gut, tschüs.* Würde doch wohl jeder an seiner Stelle so machen. Aber er kann nicht, auch mit einundfünfzig nicht, konnte er noch nie, eine *natürliche* Schwäche. Dabei wäre das selbst egal, wenn er wortlos aufstünde und ginge, Janine würde sich morgen höchstens noch erinnern, dass das Date ein *irgendwie doofes* Ende genommen hat, besoffen, wie die ist.

Als Ziege von irgendwoher wiederkommt, ordert sie einen Wein (5 oder 6), und gelangt jetzt zu Themen, die ihr wirklich am Herzen liegen: Bewusstseinserweiterung, Spiritualität, innere Reinigung. Farben schmecken, Töne riechen. Schon mal was von Aeromantie gehört? Nein. Satori? Auch nicht. Paranormale Bewusstseinsveränderungen? Sie surft auf dem Scheitelpunkt des Rausches, kurz bevor die Welle bricht. «Das Denken verlässt gewohnte Bahnen, denkt sich auf ungewohnte Weise in ungewohnte Gebiete hinein.» Bitte Gnade! Er schaut unauffällig auf die Uhr. Schon eins! Bist du eigentlich irgendwann fertig? Oder willst du bis an mein Lebensende weiterreden? Siehst du nicht die Qualen in meinem Gesicht, kennst du kein Erbarmen? Und wie bekommst du Bewusstseinsveränderung und Alkoholismus eigentlich unter einen Hut? Gute Frage, Mädchen, gib's zu! Es laufen für dich einfach zu viele Sachen gleichzeitig schief.

Er versucht sich vorzustellen, wie sie in zehn Jahren aussieht: dick, grob, schlaff. Am Jammern und am Saufen. Vielleicht trifft sie jemanden, der noch verrückter ist als sie. Hoffentlich werden sie glücklich. Ein krächzendes Trinkerpärchen, das auf Bahnhöfen rumlungert.

Weiter: Chakra? Obwohl er den Begriff kennt, schüttelt er stumm den Kopf. Ausbremsen, ausbremsen, ausbremsen, ihr Gesprächsfluss soll versiegen. Sie nehme regelmäßig an schamanischen Sitzungen teil, habe sich vorgenommen, beim nächsten Mal über ihr *Limit* zu gehen. Wozu, denkt er, was ist denn das nun wieder für ein Quatsch? Grenzen haben durchaus ihren Sinn, sie sind nämlich dazu da, die Janines dieser Welt vor sich selbst zu beschützen.

Ist ja auch egal. Heute Esoterik, morgen hat sie eine andere Idee, wie sie ihrem Dasein Richtung und Sinn geben könnte. Irrt in ihrem Leben umher wie in einem vergessenen Krieg, bei dem weder Ausbruch noch Front noch Gegner zu ermitteln sind.

Er kann nicht mehr. Die soll ihren Scheiß-Wein austrinken, damit Ziege seine beschissene Scheiß-Bar schließen kann, und er in sein Scheiß-Bett kann. Scheiß-Janine, Scheiß-Best-Western. Scheiß-Gießen. Gießen klebt Scheiße am Schuh, eine Peststadt, die nicht oberhalb, sondern unter der Erdoberfläche liegt. Er hat noch nie in so kurzer Zeit so oft *Scheiße* gedacht.

Warum verpisst Janine sich nicht endlich? Worauf wartet die? Glaubt die etwa, dass noch was *geht*? Meine Güte. Dumpf. Stumpf. Quälend. *Drehbücher*, lächerlich. Und wie sieht die eigentlich aus? Augen eingedrückt und erloschen, an den Schläfen schimmern kleine blaue Äderchen durch die Haut, die Wangen schlaff und eingefallen. Das war doch vorhin noch nicht? Sie verfällt im Zeitraffer, zerbröckelt, zerfasert, zerfranst, so was hat er auch noch nicht gesehen. Abstoßend. Das ganze Gegenteil von Schöntrinken ist das hier.

Viertel nach eins. Zwei Frauen, eine blond, die andere mit leicht asiatischem Einschlag. Setzen sich in seine Blickrichtung an den Tisch rechts von der Bar. Hübsche, lebensfrohe, junge *Girls*, ohne Kinder, ohne Geldsorgen, gesund, unbelastet von Niederlagen, so welche. Also in allem das genaue Gegenteil von Janine, die so betrunken ist, dass sie die neuen Gäste nicht bemerkt.

Die Blondine löst in ihm augenblicklich eine schmerzhafte Sehnsucht aus, ein unbändiges Losstürmen des Blutes. Schönheit, Jugend und Klasse in Perfektion. Phantastisch, denkt er, einfach phantastisch. Es gibt viele Männer, die viel Geld dafür geben würden, diese Frau zu berühren. Er auch.

Janine schreckt hoch (kurz eingeschlafen, hat er nicht mitgekriegt).

«Halloo? Wo guckst du eigentlich die ganze Zeit hin?»

Sie fällt fast vom Stuhl, als sie sich umdreht.

«Ach so».

So ist das also.

«Wieso, du bist eingepennt. Ich hab überhaupt nichts gemacht.» Wie ein kleiner Junge.

«Jaja, von wegen.»

Ihre Stimme ist laut und schrill. Peinlich. Hoffentlich kriegen die Girls nichts mit. Er muss einlenken, sonst dreht die Fertige (er nennt sie jetzt so) noch richtig durch.

«Sorry, sorry. Wir sind wohl beide ziemlich angeheitert. Zeit, ins Bett zu gehen.»

«Ja, dann lass mal los.»

«Ich komm gleich. Muss ja erst noch zahlen, du bist eingeladen. Ich warte eben noch auf den Kellner. Wir sehen uns die nächsten Tage.»

Freikaufen nennt man das.

«Alles klar. Hab schon verstanden.»

Sie krabbelt vom Barhocker und stolpert Richtung Fahrstuhl.

Endlich, herrlich, ein Glück, frei!

Aber nachher geht die gar nicht auf ihr Zimmer, sondern lauert vor *seinem* oder liegt in ihrem eigenen Erbrochenen im Fahrstuhl. Aus seinem vernebelten Hirn dringt quecksilbriger Dampf.

Die Asiatin steht auf, gibt ihrer Freundin Küsschen rechts, links und geht. Das gibt's doch nicht! Erklärung: Die Blonde will mit ihm alleine sein. Sie kann der magnetischen Strömung, der verräterischen Elektrizität zwischen ihren Körpern, nicht länger wiederstehen. Seine Gedanken sind so leidenschaftlich, dass sie sich auf sie übertragen haben. Die Gesetze des Nachtlebens (auch wenn das hier nur eine mittelhessische Sparversion von Nachtleben ist, aber Nachtleben ist Nachtleben, selbst im Best Western): Wenn alles vorbei zu sein scheint, werden die Karten neu gemischt. Hat sich der Wahnsinn mit der Fertigen doch gelohnt! Er ist besoffen und wird gleichzeitig vom Adrenalin überschwemmt.

Die wartet sicher darauf, dass ich sie anspreche, denkt er, hoffentlich kann ich noch gerade gehen. Er murmelt einen Zungenbrecher: «Als wir noch in der Wiege lagen, gab's noch keine Liegewagen. Jetzt kann man in allen Wagen liegen, und sich in allen Lagen wiegen.» Eieiei. Seine Zunge ist so schwer, als hätte er den Mund voller Staub. Schon wieder vergessen, zwischendurch Wasser zu trinken. Anfänger, Stümper, Amateur! Mal ein Scheiß-Wasser, das kann doch nicht so schwer sein! Doch! Er schluckt. Rissiger Gaumen im ausgedörrten Mund, durstig-leeres Schlucken. Angst und Begehren so nah beieinander, dass sie fast identisch sind. Wo ist eigentlich der Scheiß-Barmann? In Luft aufgelöst, die dumme Ziege. Er legt 70 Euro auf den Tresen.

Jetzt oder nie. Er steht auf und streift sein Sakko über. In seinem Bemühen, nicht zu schwanken, geht er wie ein Roboter. Regelmäßig wie ein Metronom setzt er Fuß vor Fuß, die Szene hat das faszinierende Zeitlupentempo von Unterwasserbewegungen. Er spürt bei jedem Schritt, dass ihn der Boden jederzeit verschlucken könnte.

Als er endlich vor ihr steht, sieht sie von ihrem Handy auf. Er versucht, sie durchdringend anzuschauen. Mit einem Blick, dem man nicht widerstehen kann. Sie kann sehr wohl widerstehen. Es liegen Lichtjahre zwischen ihnen. Das merkt er *genau jetzt*. Er ist alt und kaputt, sie lebendig und heil. Und selbst wenn sie auf ältere Männer stünde, dann auf *andere* ältere Männer. Meine Güte, wieder so ein Trottel, der sich nicht zusammenreißen kann. Eine Last, von solchen vergöttert und begehrt zu werden. Ihr Mund öffnet sich.

«BITTE NICHT!»

Das ist natürlich nicht schlecht. Er ist vollkommen perplex.

«BITTE NICHT!» Sie wiederholt die Worte, als hätte sie es mit einem schwererziehbaren Jungen zu tun.

«HABEN SIE GEHÖRT?» Widerwillen, Abscheu, Verachtung.

«Jaja.» Etwas Besseres fällt ihm nicht ein. Er verzieht seinen Mund zu einer Art Lächeln, ein Reflex reiner Verzweiflung. Sie vertieft sich wieder in ihr Handy. Hau ab. Es reicht. Abmarsch.

Hatte Janine ihm vorhin nicht ihre Zimmernummer verraten? Irgendwas mit fünf, 305, 315, 325. Die wartet doch bestimmt. Er ist vollkommen drüber. Jetzt wäre er so weit, betrunken, notgeil, kaputt, verzweifelt und innerlich zerstört, wie er ist. Er fährt in den Dritten und lauscht. Nichts, Totenstille. Er überlegt, an den Türen zu klopfen. Janine käme sofort herangeeilt, sie würde ihn mit offenen Armen empfangen. «Hallo, Baby, schön, dass du endlich da bist.» Er pocht mit dem Knöchel des Zeigefingers ganz sacht an der 305. Tot, Stille, Nichts. 315. Tot, Stille, Nichts. 325.

«HALLO? WER IST DENN DA, WAS SOLL DAS? UNVERSCHÄMTHEIT!» Er stolpert hastig weg wie einer, der auf frischer Tat ertappt wurde. Stimmt ja auch.

Wo muss *er* eigentlich hin? 527, zum Glück hat er die Nummer in seinem Scheiß-Handy notiert.

Die Depression erwischt ihn mit voller Wucht, sein Magen wird hart wie Eis. Er legt sich aufs Bett und starrt durch das Fenster so lange in die Schwärze draußen, bis sie zu Grau verschwimmt. Die Stille dröhnt in seinen Ohren. Er wird sehr lange brauchen, um sich davon zu erholen.

Der arme Sextäter

Eine furchtbare Schlagzeile: «33-jähriger Zittauer, der ohne Arme und Beine geboren wurde, als Sextäter verurteilt.» Sexualität ist ja schon für die Unversehrten eine entsetzliche Last, aber für so einen? Onanie. Wie geht denn da so was? Sich an einer Matratze, einem Tisch, einer Wand, einem Stuhl, an sonst etwas reiben? Ist er für orale Selbstbefriedigung gelenkig genug? Oder hat er sich / ihm jemand eine Wichsmaschine konstruiert, ein Küchengerät umgebaut, eine Rührmaschine oder einen Mixer? Oder noch etwas Abseitigeres, auf das man erst mal nicht kommt? Es gibt ja bekanntlich nichts, was sich nicht vorstellen lässt.

Verurteilt wurde er zu elf Monaten auf Bewährung, weil er mit dem Kopf zwischen die Beine seines minderjährigen Opfers gegangen ist. Schrecklichschrecklichschrecklichfurchtbarfurchtbarfurchtbar.

Hallo, Schläferlein

Es ist dies der Ausdruck seiner großen, unverbrüchlichen Liebe: Immer, wenn er nachts aufwacht, schaut er sie an und sagt leise: «Hallo, Schläferlein.» Und ob sie nun im Halbschlaf oder Tiefschlaf ist (manchmal schlägt sie auch kurz die Augen auf), stets antwortet sie mit denselben Worten: Hallo, Schläferlein. Es ist also immer noch alles in bester Ordnung, und sie können beruhigt weiterschlafen.

No Nonsense Man

Er ist robuster und härter als andere, er ist widerstandsfähig wie eine Kakerlake. Auf den ersten Blick könnte man ihn für ein geringes Wesen halten, tumb, unbeweglich, reduziert, behindert. Dabei ist das Gegenteil der Fall, er ist flink, schlau; mit fischartiger Geschmeidigkeit und rammeliger Wut bahnt er sich seinen Weg. Er hat keine natürlichen Schwächen. Ohne Zweifel, Scham, Humor, unbedarft und skrupellos. Sein flaches, ausdrucksloses Gesicht wie aus gehärtetem Talg. Er schaut dich an, seine Augen bleiben wie die eines Blinden, ohne Scharfeinstellung, eisig und gespenstisch und unergründlich. Nichts stört oder kümmert ihn, kein Gestank, keine Kälte, kein Mangel an Schlaf. Sein Herz, früh erloschen, ist fett wie Leberwurst.

Er setzt sein ganzes Gewicht ein, um andere niederzudrücken, mit allem, was er hat, dem schweren Wanst, dem Stierhoden. Sein Schwanz ein stinkender, nasser, fettiger Pilz, mit dem er in alles eindringt, alles wegräumt, was ihm im Wege steht.

Er ist ganz anders als du. Er ist ohne Mitleid und Gnade. Er verachtet dich für dein Mitleid und deine Gnade.

Er starrt dich an. Du riechst seinen kalten Schweiß. Er hält kurz inne, zieht seine Oberlippe zurück, seine Kehle pulsiert wie die eines Frosches. Du wirst der Nächste sein. Vergiss das ja nur nicht!

Fred Perry

Eine aufwendige Zahnbehandlung liegt hinter mir, Parodontose-Prophylaxe, Säuberung der Zahntaschen, vier Sitzungen unter örtlicher Betäubung hat es gebraucht. Jetzt ist es endlich geschafft. Die Zahnarztpraxis liegt in der Innenstadt, und nach diesem Martyrium habe ich mir eine Belohnung verdient. Mit dicken, tauben Backen schlendere ich zum *Alsterhaus* (zählt mit dem Oberpollinger / München und KaDeWe / Berlin zu den Premium-Kaufhäusern im Lande), mal schauen, irgendwas Schönes wird sich schon finden. Vielleicht ein neuer Weekender. Kugelschreiber. Parfum. Geldbörse. Rasierset. Die Welt der schönen Dinge eben. Mmh. Mir fällt K. ein, der auf Kleidung der Marke *Fred Perry* schwört. Da sitze immer alles perfekt, traditionsbewusst, cool usw. Mir würden die Sachen bestimmt auch stehen, hat er mal gemeint. Na dann. Im Alsterhaus haben die bestimmt was von Fred Perry, wenn nicht hier, wo dann? Also ab in die Herrenabteilung und dann am besten mal fragen. Gesagt, getan. Auch die Verkäufer im Alsterhaus sind eine andere Liga als in gewöhnlichen Kaufhäusern. Nennt man die überhaupt Verkäufer? Eher Berater. Manager. Da vorne, der Herr im gedeckten Anzug, der Ware sortiert. Trägt kein Namensschild, weil Verkäufer mit Namensschild *billig* aussehen. So wie der aussieht, ist er ganz klar Premium Seller, Chefverkäufer, Topverkäufer. Erst als ich ihn anspreche, merke ich, dass die Betäubung noch nicht abgeklungen ist: «Entsullung, ham Se auch as von Fre Perri?»

Der Mann fixiert mich mit einer Mischung aus Wut, Hass, Verachtung, Ekel. «WIE BITTE?»

«Ob Se as von Fre Perri führn?» Ein einziges Gesabbere und Gestottere, sagenhaft peinlich. Ich komme mir vor wie eine Mischung aus Dreijährigem und Zyklop. «WIE BITTE?» Es ist ihm schlicht unbegreiflich, wie ich ihn mit einem Angestellten des Hauses verwechseln konnte. «SAGEN SIE MAL, SEHE ICH ETWA AUS WIE EIN VERKÄUFER?»

Ach du lieber Gott. «Ja. A so. Wusse ich nich. Tu mi lei.»

«DAS GIBT'S DOCH GAR NICHT! SO ETWAS IST MIR JA NOCH NIE PASSIERT.» Es fehlt nicht viel, und der poliert mir das taube Maul. Er, der Chef, der Boss, der CEO, von einem Idioten gekränkt und gedemütigt.

«Also dann, sorri noma.» Sabber, sprötzel, stotter.

«WIE BITTE? ICH VERSTEHE SIE NICHT!»

Wie ich wohl aussehe? Die eine Backe geschwollen, die andere hängt auf halb acht, Speichelfäden rinnen aus beiden Mundwinkeln. So fühlt es sich jedenfalls an. Auch mein Blick fühlt sich dumm, stumpf und glasig an. Mir fällt nichts weiter ein, und ich stiere mit leicht eingezogenem Kopf vor mich hin, in Erwartung der nächsten Schimpfkanonade oder einer Ohrfeige. Er mustert mich, bis sich schließlich Verstehen über seine Züge breitet. Er entspannt sich. Aha. Jetzt ist alles klar. Ein Behinderter, er hat es mit einem Behinderten zu tun. Einer, der auf den ersten Blick vielleicht nicht so aussieht, aber offensichtlich einer ist. Na, dann. Ein *normaler* Mensch würde schließlich niemals auf die Idee kommen, ihn mit einem VERKÄUFER zu verwechseln. Immer noch etwas aufgebracht, dreht er sich um, ohne ein weiteres Wort zu verlieren, und verschwindet in Richtung Exklusivschuhabteilung. Ich schleiche mich, Rolltreppe abwärts. Das wird heute nichts mehr mit fröhlichen Einkäufen, geschweige denn mit Fred Perry.

Die Strafe

Marcel kann das Wichsen nicht lassen. Er wichst morgens gleich nach dem Aufwachen, in der großen Pause, während der Schulstunde unter dem Tisch, nach dem Mittagessen, bei den Hausaufgaben, abends sowieso, ohne Unterlass, immer, immer, immer. Ansonsten ist er irgendwie ganz normal mit seinen dreizehn Jahren. Er würde nur zu gerne wissen, *was genau* da nicht in Ordnung ist, vertraut sich aber aus Scham niemandem an. Und wer weiß, vielleicht geht es von alleine wieder weg. Hoffentlich. Ein Wahnsinn, wo kommt das nur alles her? Sein Sack muss unter einer Art Überproduktion leiden oder so was, er kennt sich nicht aus, und die Zusammenhänge kapiert er schon mal gar nicht, wenn es denn welche gibt.

Vor kurzem war er krank, seltener grippaler Infekt mit kompliziertem Namen, verbunden mit Krämpfen und Lähmungserscheinungen in Armen und Beinen, beunruhigend. Drei Tage ging das, seine Eltern waren in echter Sorge. Und sein *einziger* Gedanke: Wie soll ich denn bloß wichsen mit den tauben Händen?

Neulich hat er von dem sechzehnjährigen Jungen aus Brasilien gehört, der in einer Nacht angeblich 42-mal hintereinanderweg onaniert hat, bis man ihn morgens tot in seinem Bett fand. Eine Falschmeldung? Kann sein, aber er hält die *Zahlen* durchaus für möglich, auf dreißig Mal kommt er an guten Tagen auch, er hat noch nie genau gezählt, er traut sich nicht. Wer weiß, vielleicht ist es sogar mehr. Mittlerweile kann er sich alles vorstellen. Er hält es auch für möglich, dass an den Schauermärchen was dran ist, von wegen Onanieren macht impotent, schwindsüchtig, führt zur Erblindung. Es gibt die Theorie, dass die Spermien im Gehirn gebildet und über die Wirbelsäule in die Hoden transportiert würden. Und man vom Wichsen Rückenschmerzen bekomme. Wer also unter Rückenschmerzen leidet, wichst einfach nur zu viel. Und so weiter. Die Gedanken lähmen sein Herz.

Er fährt heute wie fast jeden Tag in den großen Ferien mit dem Fahrrad zum Baggersee, wo er mit seinem besten Freund Roman verabredet ist. Der Sommer hat seinen Höhepunkt erreicht, es ist dieser Tag, auf den alles hinauszulaufen scheint, der Sommertag an sich, an dem das Leben stillsteht, schwerelos, wie Schaukeln, wenn sie ganz oben sind.

Am Baggersee sind auch die kleinen geilen Miezen, Dutzende, Millionen. Er kann es kaum noch abwarten, kaum aushalten. Der gleichaltrige Roman interessiert sich nicht für Mädchen. Gar nicht. Noch nicht. Noch nicht so sehr. So genau weiß Marcel das auch nicht, aber er vermutet es, er hat das Gefühl, der Einzige zu sein, in dem mitten in der Unschuld und Normalität diese Begierde haust, haust wie Schwamm im Dachbalken.

Da strampelt er nun, ein unscheinbarer rotblonder Junge mit dicken Knien und X-Beinen. Äußerlich sieht man ihm nichts an. Er kann es jetzt wirklich kaum noch abwarten. Die Eindrücke, die gleich auf ihn einprasseln werden! Er ist außer Atem, das Blut in seinen Adern rauscht, sein Gesicht fängt Feuer, es brennt. Vielleicht, hoffentlich, ist auch die eine, die Dings da, er weiß nicht mal, wie sie heißt, irgendwas mit R, egal, die ist die Allerbeste. Mit Abstand. Die kleine Nutte. Es juckt ihn an den Innenseiten der Hände, wirklich, es juckt, es juckt sehr stark. Mein Gott, mein Gott, er hält es nicht mehr aus. Die rechte Hand am Lenker, die linke greift in die Hose, an den schwitzenden Sack, den dünnen, steifen Schwanz. Sein verrückter kleiner Penis, was ist nur los mit dem? Das spitze, flirrende Gezirpe der Vögel ist wie eine Warnung: Tu's nicht, tu's nicht! Die sind doch alle nicht ganz dicht, die Vögel, die Menschen.

Er strampelt und strampelt und strampelt, die Straße ist abschüssig, er hat bestimmt 30, 35 Sachen drauf. Einfamilienhaussiedlung mit jeder Menge Einfahrten, Ausfahrten, Garagen, Carports, allem Möglichen. Aus einem schießt ein Auto. Ja, es schießt heraus wie eine Rakete, der Fahrer muss Kupplung und Gas verwechselt haben, so was in der Art, das sind vielleicht Penner hier in der Spießersiedlung. Marcel geht voll in die Eisen, verliert die Kontrolle über das Fahrrad und fliegt durch die Luft.

Er muss die Hand, den schwitzenden, süßsauren, dreckigen Wichsgriffel aus der Hose bekommen. Keine Chance. Die geile Flosse ist eingeklemmt, der Länge nach, Mittelfinger am Arschloch, Hand am Sack, Handgelenk eng anliegend am brettharten Penis. Er stürzt mit voller Wucht auf den Ellenbogen. Der bricht mit einem hässlichen Knacken, auch das Handgelenk, so unglücklich kann man gar nicht fallen, ein denkbar beschissener Idioten-Winkel, passiert in hundert Jahren vielleicht ein Mal. Zeige- und Mittelfinger brechen ebenfalls, die kaputten Finger krallen sich reflexhaft im Sack fest, bohren sich tief ins Gekröse, auch der erigierte Schwanz bricht, ja, *Penisbruch*, das knickt ab, sieht nach Sekundenbruchteilen aus wie eine Blutwurst, mehrfacher Riss in den Schwellkörpern, völlig hinüber das Teil. *Vernichtungsschmerz.* Er wusste nicht, dass es derartige Schmerzen gibt, und wird für ein paar Sekunden ohnmächtig. Die Finger der rechten Hand, in die Handflächen gekrümmt, sind fühllos und lassen sich nicht mehr strecken. Da liegt er nun im Dreck, im Staub, im Schmutz, Dreck zu Dreck, mehr Häuflein Elend geht nicht.

Flimmernd in wunderbarer Bläue steht die Sonne hoch am Himmel und verströmt weißes Feuer von ihren Rändern. Die Fahrerin des PKW, jung, hübsch, beugt sich über ihn. Was sie sieht, ist eindeutig. Der arme Junge. Er schaut sie flehend an. Es scheint keine Grenze zu geben für das Ausmaß an Scham, das ein menschliches Wesen empfinden kann.

Ist das jetzt die Strafe? Für die Sauereien, die räudige Triebhaftigkeit, die verkommenen Gedanken? Genau! Genau so ist es und garantiert nicht anders. Die Tränen laufen einfach so aus seinen Augen. Es hört überhaupt nicht mehr auf.

Nasi Goreng

Im Supermarkt eine Frau mit schwerer psychischer Störung. Man sieht schon von weitem, dass die 'ne Schraube locker hat. Jetzt bleibt sie bei den Tiefkühltruhen stehen und fixiert einen Mann, der ihr gegenüber eine Packung *Nasi Goreng* in der Hand hält und in aller Ruhe begutachtet. Soll er diese Sorte nehmen oder besser eine andere? Er kann sich einfach nicht entscheiden. Die Frau gerät bei dem Anblick zusehends in stumme Rage, bis sie sich schließlich nicht mehr beherrschen kann und den Mann anschreit: «ICH WEISS SELBER, DASS MIT MEINER *NASE* WAS NICHT STIMMT!»

Womit sie sogar recht hat. Dann rennt sie entsetzt davon.

Der Bunker der verlorenen Seelen

In Altona Nord, zwischen Schanzenviertel und St. Pauli, gibt es eine etwas abseits gelegene, besonders ruhige schöne Ecke. Das Ensemble Mistralstraße, Paulsenplatz, Dohrnweg ist seit 2014 denkmalgeschützt; die Jugendstilhäuser wurden aufwendig renoviert und in Eigentumswohnungen umgewandelt. Angrenzend mehrere Kindergärten und Schulen, der Paulsenplatz ist ein großer Spielplatz. Doch inmitten dieser Idylle erhebt sich ein alter Weltkriegsbunker sechs Stockwerke in die Höhe. Ein Schandfleck.

Im *Mistralbunker* leben ausschließlich Sozialfälle, ehemalige Obdachlose oder, wie es auf Behördendeutsch heißt, Menschen mit *Alkohol- und Drogenvergangenheit*. Für die Arbeitswelt unbrauchbar, zu jung fürs Alten- oder Pflegeheim. Seit 1990 verwaltet der Arbeiter-Samariter-Bund die 41 kleinen Wohnungen, in denen 41 Menschen leben. Normalerweise werden Kaputtniks in entlegene Stadtteile ausgelagert, wo sie dann unter sich bleiben. Hier also nicht. Soziales Experiment. Kontakte zwischen Bürgerlichen und Eingebunkerten *ergeben* sich allerdings keine. Da die Fertigen wissen, dass sie fertig und gerade für die vielen Kinder kein schöner Anblick sind, verlassen sie in der Regel erst im Schutz der Dunkelheit ihre Behausungen. Sie verhalten sich unauffällig, als wären sie nicht nur halb, sondern bereits ganz tot. Mit Ausnahme einer

Verrückten, die sommers wie winters auf einem verrosteten Klapprad in der Gegend umherradelt. Aus der Entfernung sieht sie aus wie ein schlankes junges Mädchen, eine Art Punk-Girlie, doch wenn sie auf einen zukommt, verwandelt sie sich im Zeitraffer in eine verrunzelte Greisin.

Im Hellen also die gehobene Mittelschicht mit ihren fröhlichen Kindern, im Dunkeln die Elenden, die Maulwurfsmenschen. Ein klein wenig Licht genügt, um sie fertigzumachen. Zieht man sie aus ihren Löchern, schrumpfen sie zusammen und gehen ein.

Bis vor zwei Jahren gab es an der Ecke einen heruntergekommenen Aldi-Markt, wo sich die Eingebunkerten, ortsansässigen Penner und eine Gruppe junger Punks ein Stelldichein gaben. Doch nachdem der Aldi dichtgemacht hat und nach der Kernsanierung eine Alnatura-Filiale eingezogen ist, löste sich diese Gemeinschaft auf. Die Punks sind zum Bahnhof umgezogen, der Penner-Treff ist jetzt eine LIDL-Filiale in St. Pauli, nur die Eingebunkerten haben nix Neues gefunden und verrotten im Bunker. Der wird noch in 1000 Jahren hier stehen, wenn die dummen Jugendstilhäuser längst in sich zusammengefallen sind.

In der Abenddämmerung nimmt eine junge Frau mit Kinderwagen die Abkürzung quer durch den kleinen, um diese Zeit menschenleeren Park. Das Baby schreit wie verrückt, und die Mutter weiß nicht, warum. «Ist gut, Henry, mein Schatz, wir sind ja gleich zu Hause.» Von wegen. Hinterrücks nähert sich eine Gestalt, in seltsam schaufelförmigem Stotterschritt, die Schenkel beim Gehen x-beinig auseinanderschrapend. Das lässt nichts Gutes erahnen. Niels Peter Runge heißt der, ein Ex-Junkie, mit charakteristischem Heroin-Totenschädel, ungefähr eine Million Vorstrafen. Durch jahrelangen Drogenmissbrauch ist bei dem die Motorik und auch sonst alles Mögliche verhakt, durcheinander, kaputt. Er flucht, ächzt, schimpft, schmurgelt, dampft, kocht. Irgendwas hat ihn aktuell aus dem Gleichgewicht gebracht. Unterstützung gekürzt, Fahrrad geklaut, Fernseher oder Gebiss kaputt, irgend so was.

Das Baby schreit und schreit und schreit, weshalb die Frau den Totenkopf erst bemerkt, nachdem er sie überholt und ihr mit ausgebreiteten Armen den Weg verstellt hat. In seinen granitfarbenen Augen liegt kalter fiebriger Glanz, ein irres Funkeln. Der ist nicht mehr ganz dicht, durchgedreht ist der, zu allem fähig. Er beugt sich in den Kinderwagen runter und schreit: «STILL SEIN. MAUL. HALT MAUL. RUHE!» Statt «Halt's Maul» nur «Halt Maul». Bei dem stimmt echt gar nichts mehr. Gott, ach Gott, ach Gott. Was soll die junge Frau nur machen? Mit dem Kinderwagen Anlauf nehmen und wegrennen? Aber gegen das eins neunzig große, schroffe Knochengespenst hätte sie keine Chance. Sie schaut sich um. Keine Hilfe in Sicht.

Das Baby brüllt jetzt aus allen Rohren. «HALT DEIN MAUL. HALT ENDLICH MAUL. BIEST!» Niels Peter ist außer sich. Diese verdammten, besser verdienenden Kapitalistenschweine, heute zahlt er es den Wichsern heim, heute kuschen zur Abwechslung mal *die*, heute tanzen die zur Abwechslung mitsamt ihrer Brut nach *seiner* Pfeife. Er rotzt in äußerster Wut mehrmals in das Gesicht des Säuglings. Die Mutter, in Todesangst, ist zu keiner Reaktion fähig. «WAS IST? WAS IST? IST WAS? DANN HAU ICH RICHTIG!» Er hebt drohend die Faust. Die hat ungefähr einen Meter Durchmesser. «SO? WILLST DU? SO?!» Wird er erst das Baby töten und anschließend die Frau vergewaltigen?

Dann hat er es sich plötzlich anders überlegt, und er geht weiter. Einfach so. Wie solche eben so sind. Schimpfend, fluchend, als wäre gerade *ihm* Ungeheuerliches zugestoßen. Erst als er außer Sichtweite ist (vielleicht kommt er ja zurück) wischt die Mutter mit zitternder Hand ihrem Kind den Rotz, den widerlichen, stinkenden, kranken Schleim aus dem Gesicht. Anstatt die Polizei zu rufen, geht sie nach Hause und lässt die Angelegenheit auf sich beruhen. Sie hat große Angst davor, dass das Scheusal mit Bewährung, Sozialstunden oder so davonkommt, wieder mal, und sich furchtbar rächt. Nach Jahren, wenn man schon gar nicht mehr damit rechnet. Wie solche eben sind.

Am nächsten Tag eine Meldung in der *Hamburger Morgenpost*:
«**Dramatischer Einsatz in Altona**: Am Montagvormittag ist ein Mann aus dem fünften Stock eines Hauses gestürzt. Die Rettungskräfte konnten ihm nicht mehr helfen. Den Einsatzkräften bot sich ein mysteriöses Bild. Aus dem von den Anwohnern *Bunker der verlorenen Seelen* genannten ehemaligen Schutzbunker an der Mistralstraße hingen ineinandergeknotete Tücher und Laken. Niels Peter R. soll ersten Informationen zufolge gegen 15 Uhr versucht haben, an der abenteuerlichen Konstruktion herunterzuklettern. Dabei sei er abgerutscht und aus großer Höhe auf den Parkplatz gestürzt. Das Opfer war von einer anderen Bewohnerin offenbar in der Wohnung eingeschlossen worden. Beim Versuch, sie am Nachmittag zu verlassen, knotete er mehrere Decken und Bettlaken zusammen, um sich

aus dem Fenster abzuseilen. Dabei stürzte er in die Tiefe und war sofort tot.»

Bereits im Moment des Aufpralls war Niels Peter Runge vergessen, und so hat die traurige Geschichte ein trauriges Ende gefunden.

Ein misslungenes Leben

Die legendären Albrecht-Brüder, milliardenschwere Gründer und Besitzer von ALDI, schotteten sich zeitlebens von der Öffentlichkeit ab, insbesondere nach der Entführung des jüngeren der beiden, Theo Albrecht. Es existieren nur wenige Fotos, Interviews gaben die beide nie, Einblicke ins Privatleben: Fehlanzeige. Bekannt war nur, dass sie im Essener Nobelvorort Bredeney lebten und als strenggläubige Katholiken jeden Sonntag in die Kirche gingen. Eine kleine Geschichte sickerte dennoch durch: An seinem neunzigsten Geburtstag wurde Karl Albrecht (Aldi-Süd) gebeten, ein paar Worte an die Festgesellschaft zu richten. Wiederwillig ergriff der Patriarch das Wort und brachte genau drei Sätze heraus. «Ich wollte gar nicht, dass ihr alle kommt. Ich habe Hunger. Ich gehe bald wieder nach Hause.» Rede Ende.

Erst mal natürlich sehr komisch. Exzentrik alter Schule. Einerseits. Aber diese Mischung aus Dreijährigen-Bockigkeit, Altersstarrsinn und schlechtem Benehmen lässt vermuten, dass das Leben des Theo Albrecht besonders glücklich dann doch nicht verlaufen sein kann.

Verkehrsfunk

Susanne, in die er lange Zeit hoffnungslos verliebt gewesen war, moderiert nun im Radio Wetter und Verkehr. Der gebührenfinanzierte Sender leistet sich diesen Luxus, bei der kommerziellen Konkurrenz muss das der Moderator miterledigen. Alle halbe Stunde ein kurzer Plausch zwischen ihr und dem Moderator, dann liest sie ihre Meldungen ab. Fragt sich nur, wie lange noch, überall muss gespart werden. Nur ein Drittel der Rundfunkgebühren kommt direkt dem Programm zugute, zwei Drittel fließen in Löhne und Pensionsgelder. Eine Frage der Zeit, bis sich die Controller durchsetzen und Susis Position ersatzlos streichen.

Seltsam, Susi im Radio zu hören. Da klingen alle gleich, künstlich, penetrant gut gelaunt; beim Oma-Funk nicht ganz so brutal fröhlich wie die Schreimoderatoren der Privaten, aber trotzdem, es wirkt aufgesetzt und unsympathisch. Susis Stimme hat sich verändert, sie ist irgendwie brüchig geworden, ältlich, ihrem *Sound* fehlt es an jugendlicher Ausstrahlung. Aber sie ist ja auch, Moment mal, ja, tatsächlich schon fünfzig. Bei den Privaten wäre sie längst ausgemustert worden, da ist dreißig die *Schallgrenze*, im wahrsten Sinn des Wortes. Bis auf den Morning Man, das gesichtsbekannte Aushängeschild des Senders, der seit bald zwanzig Jahren jeden Morgen um halb vier aufsteht und liefert und liefert und liefert und liefert. Irre. Wie macht der das bloß? Vielleicht treibt ihn der Ehrgeiz, als dienstältester Morning-Show-Moderator ins Guinness-Buch der Rekorde aufgenommen zu werden.

Alle Jahre wieder das große Zittern, ob sie noch dabei ist. Die ewige Unsicherheit belastet sie, stresst, verdirbt ihr den Appetit, sie ist noch dünner als früher. Sie trinkt auch zu viel und hat nach den ganzen Jahren wieder mit dem Rauchen angefangen. War sie früher *beneidenswert schlank*, ist sie heute *nur noch Haut und Knochen.*

Mit Anfang zwanzig hätte sie mit ein wenig Glück Karriere als Sängerin machen können. Sie hatte eine unverwechselbare Klangfarbe mit hohem Wiedererkennungswert. Hinzu kam eine tadellose Technik, Intonationssicherheit, gutes Timing. Und natürlich das Aussehen. Damals, Mitte der Achtziger, gehörte sie hier in der Stadt zu den vier, fünf talentierten *Girls*, aus denen was hätte werden können. Hätte, hätte, denn am Ende wurde aus keiner was. Sie gingen lieber feiern, bereisten die Welt oder machten auch sonst alles, was man nicht machen soll, wenn man es ernst meint mit der Karriere. Und sie warteten. Auf den perfekten Song, den angesagten Produzenten, den Vorschuss, der so hoch war, das man wirklich nicht mehr nein sagen konnte. Aber vor allem fehlte es an unbedingtem Willen zum Erfolg. Der entscheidet nämlich, mehr noch als Begabung, ob jemand durchstartet oder auf ewig in den Startlöchern steckenbleibt. Mit zwanzig schienen alle Tore offen, mit fünfundzwanzig wurde es höchste Eisenbahn, und mit dreißig war der Zug abgefahren.

Eine etablierte sich als Studiosängerin, sogar als unbestrittene Nummer 1 unter den Studiosängerinnen. Sie war die, die jede Stimmfarbe beherrschte, lediglich einen Take brauchte und auch noch alle Chöre selber sang. Nur leider unter Ausschluss der Öffentlichkeit. Total Buy-out. Weil es nicht mehr drauf ankam, wurde sie schnell sehr dick, aber das interessierte dann auch niemanden mehr. Und so gab es bei jeder eine eigene Geschichte. Susanne hatte das Pech, zur falschen Zeit, mit gerade mal zweiundzwanzig, an den falschen Mann zu geraten, zehn lange Jahre an der Seite eines depressiven, selbstgerechten, verkorksten Alkoholikers zu verkümmern, zu versauern, einzugehen. Es war die eine fatale, schicksalsbestimmende Begegnung. Als die Ehe denn endlich, Gott sei Dank, in die Brüche ging, war es zu spät, um die niemals in Schwung gekommene Karriere fortzusetzen. Es reichte nur für einen Neuanfang auf bescheidenem Niveau.

Sie hatte sich bei ihm gemeldet. Schön! Denn der Schmerz war längst überwunden, und er freute sich über die Aussicht, eine alte Freundin wiederzugewinnen. Was hatte man nicht alles zusammen erlebt. Der Abende wurde dann auch so nett wie erhofft. Doch nach ein paar weiteren rein freundschaftlichen Treffen kamen von ihr eindeutige Signale und die dumme Frage: «Was ist das denn eigentlich mit uns?» Aha, interessant. Jetzt war *sie* also so weit. Er hatte gekocht an diesem Abend, und sie ging einfach nicht. Irgendwie hatte er dann den Zeitpunkt verpasst, sie unter einem Vorwand nach Hause zu schicken. Sie tranken viel, erst Rotwein, dann Bier, später Crémant, und irgendwann erwachte in ihm die süßliche, trügerische Sehnsucht nach der Vergangenheit. Er wünschte sich, so zu fühlen wie früher. Er war auf der Suche nach der Susi von damals, aber irgendein neuer, fremder Zug war in ihr Gesicht getreten, ein schiefes, spöttisches Lächeln, und wo ihre Augen früher tief blau wie nasse Tinte geleuchtet hatten, wirkten sie nun ohne Glanz, trübe und mutlos.

Er spürte, dass das nichts mehr werden würde. Doch er war auch neugierig. War sie immer noch die kleine geile Sau von früher? Präziser ausgedrückt: die Sau, die er sich immer *vorgestellt* hatte? Nichts Genaues wusste er. Jedes Wochenende verbrachte sie damals mit ihrem Popperfreund. Bei den Gedanken an die Fickmarathons der beiden war er fast wahnsinnig geworden. Was hatte er gelitten. Und jetzt bot sie sich an wie sauer Bier.

Als sie sich nun küssten, klöppelte ihre Zunge hart und mechanisch in seinem Mund, es schmeckte nach schalem Sekt. Ihr Rücken fühlte sich zwischen den Schulterblättern knotig an, aber besonders abtörnend war die Haut, farblos wie Schneckenfleisch, mehlig und mürbe, wie geschmolzenes Kerzenwachs. Saß auf den Knochen wie Kaugummi und ließe sich sicher leicht abziehen, so empfand er das.

Die Leidenschaft, die Begierde, die Lust war aus seinem Blut gelöscht. Ja, alles hat seine Zeit, und ihre gemeinsame war abgelaufen. «Tausendmal berührt, und tausendmal ist nix passiert, tausendundeine Nacht, und es hat zoom gemacht.» Selten werden Schlager wahr.

Enttäuscht und verletzt brach sie den Kontakt ab. Einmal liefen sie sich noch zufällig über den Weg, er allein, sie in Begleitung ihres neuen Freundes. Er kannte den zufällig, vor ein paar Monaten hatte er bei *Lampen-Prediger* eine Pendelleuchte bei ihm gekauft. Ein nettes Dutzendgesicht, einen, den sie früher nicht mit dem Arsch angeguckt hätte. Ja, früher. Als ihr langes blondes Haar voll und weich war. Jetzt trägt sie einen praktischen Kurzhaarschnitt. Das ist nun aus seiner Susi geworden: Ein knochiges Geschöpflein mit einem hässlichen Mopp auf dem Kopf.

Hätte sie doch nur ihre Chancen genutzt! Wäre sie nur nicht so arrogant und selbstverliebt und voller Dünkel gewesen! Denn die Zeit macht, was sie immer macht: Sie wird gipsern und bröckelig, schließlich bröselt sie weg und Susi gleich mit.

Er wird jetzt immer etwas traurig, wenn er *on Air* ihre Stimme hört, der spröde Klang der Vergeblichkeit, der verpassten Chancen, des heillosen Liebeskummers. Ja, damals, das wäre was gewesen. Heute nicht mehr.

Eugen Block

Er wird oft damit aufgezogen, dass er wie der Chef der gleichnamigen Steakhaus-Kette heißt. Dabei ist der einunddreißigjährige Eugen, der in H. am Rand der Lüneburger Heide lebt, das ganze Gegenteil eines erfolgreichen Unternehmers. Mit einem IQ von 48 ist er *mittelgradig intelligenzgemindert*, was man ihm auch deutlich ansieht: Glubschaugen, Segelohren, debile Gesichtszüge, der klassische Dorfdepp. Da bei Menschen wie ihm immer alles egal zu sein scheint, war er noch nie beim Friseur (die Haare schneidet seine Mutter), die Klamotten scheinen aus der Kleidersammlung zu stammen, und er trägt ausschließlich diese Behindertentreter, unförmige, mit Stahlkappen versehene, rutschfeste Sicherheitsschuhe. Warum, weiß keiner mehr so genau, ist ja auch egal. Durch den angeborenen Hüftschaden ist sein Gang ziemlich eierig. Vor zwei Jahren hat er eine Anstellung als *Hiwi* bei Edeka im Nachbarort gefunden, wo er leere Getränkekisten stapelt, abgelaufene Lebensmittel aussortiert, Regale auffüllt und so weiter. Die genau 11,4 Kilometer hin und wieder zurück legt er sommers wie winters mit seinem schrottreifen Mofa zurück.

Obwohl das Dorf nach dem Stand der letzten Zählung nur 1452 Einwohner hat, hat es die Fußballmannschaft weit gebracht: Sie belegen in der Regionalliga, immerhin der fünfthöchsten deutschen Spielklasse, den 7. Platz. Und das, obwohl Eugen linker Außenstürmer ist. Mit Übergewicht! Mit Diabetes! Mit schwerem körperlichem Handikap! Ohne fußballerisches Talent!

Bis zur totalen Erschöpfung wird er volle neunzig Minuten übers Spielfeld gehetzt, niemals ausgewechselt, dauernd angespielt. Dazu kommt Training, zweimal in der Woche. Einige Schiedsrichter haben sich schon geweigert, die Partien zu pfeifen, es hagelte Beschwerden, aber Eugen behauptet, aus freien Stücken mitzumachen. Wenn der Trainer ihn einsetzt, findet er das toll. Er spielt zwar nicht gut, aber leidenschaftlich gerne, einer für alle, alle für einen, so wie das nun mal ist hier.

Den wahren Grund kennt außerhalb der Dorfgemeinschaft niemand: Eugen hatte sich vor ein paar Jahren einer Minderjährigen unsittlich genähert, sie begrapscht und betatscht; wenn er nicht auf frischer Tat ertappt worden wäre, wäre vielleicht Schlimmeres oder viel Schlimmeres passiert. Weil er aber geistig minderbemittelt ist, wäre er juristisch nicht zu belangen gewesen, und so geht's ja schließlich nicht. Dann muss man das Recht eben in die eigenen Hände nehmen, Strafe muss sein, auch für einen wie Eugen, und das ist eben das Praktische in einem Dorf, da kann man das auch so regeln

Heute geht es gegen den Erzrivalen SV T. Es gilt, einen 3:2-Vorsprung über die Runden zu retten. Nachspielzeit, alle Mann in der eigenen Hälfte, sie warten auf den erlösenden Abpfiff. Eugen steht mit hochrotem Kopf und vor Erschöpfung zitternd am rechten Außenpfosten, den Kopf ans Holz gelehnt. In der allgemeinen Aufregung achtet zum Glück keiner auf ihn.

Dann eine verunglückte Faustabwehr des Torwarts, das Leder trudelt (Bananenflanke) durch die Luft, der gegnerische Mittelstürmer setzt alles auf eine Karte, zieht voll ab, nimmt den Ball volley. Erwischt, Volltreffer! Eine gewaltige Granate, alle ziehen instinktiv die Köpfe ein. Bis auf Eugen, der von seiner Position aus nichts sieht (verdeckter Schuss). Der Ball trifft mit 145 km/h frontal seinen Kopf. Das Knacken des Schädels ist bis in den hinterletzten Winkel des kleinen Sportplatzes zu hören. Eugen ist sofort tot. So musste er lange büßen und wurde am Ende doch noch hingerichtet.

Autofahrerschlaf

Michael fährt seit 42 Jahren Auto, Automobilist seit über vier Jahrzehnten, wie er zu sagen pflegt, und er praktiziert es wie früher sein Vater schon: Nach jeder längeren Strecke (heißt: länger als eine Stunde) hält er erst mal ein Nickerchen. In den siebziger Jahren sind sie fast jeden Sonntag zu Onkel Hartmut und Tante Karin nach Bremen gefahren. Gleich nach dem Mittagessen ging's los, Vater und Mutter vorn, die drei Kinder hinten. Eine Stunde hochkonzentrierte Autofahrt, auf der sich die Kinder ruhig verhalten mussten, um den Fahrer nicht abzulenken. Dabei war damals noch alles frei auf den Straßen. Die Mutter, als vorbildliche Beifahrerin, saß stumm neben ihrem Mann und konzentrierte sich, die Straßenkarte auf dem Schoß (die natürlich kein einziges Mal benötigt wurde), ebenfalls auf den Verkehr. Es wäre ihr nicht in den Sinn gekommen, zu lesen, zu stricken oder sich sonst wie abzulenken. Ihr Mann trug als Fahrer schließlich die Verantwortung für fünf Personen.

Zwischen drei und vier trudelten sie dann in Bremen ein. Direktemang ging der Vater nach oben ins Gästezimmer, während sich die anderen im Wohnzimmer zusammen fanden. Alle hatten gefälligst leise zu sein, bis der Vater pünktlich ausgeruht zum Kaffeetrinken wieder zu ihnen stieß.

Das hatte Michael vom Vater übernommen, und er hatte

es hinübergerettet in eine Zeit, in der sich kein Mensch nach einer Autofahrt mehr ausruht. Doch er besteht auf seiner Mütze Schlaf, dem Nickerchen, der wohlverdienten Pause.

When We Were Kings

Lutz P. gehört zu denen, die man etwas abschätzig *Altlinke* nennt. In den achtziger Jahren ein populärer Grünen-Lokalpolitiker mit linksradikaler Vergangenheit, vom RAF-Sympathisanten zum zeitweiligen Unterstützer, es fehlte nicht viel, und er hätte sich dem harten Kern angeschlossen. Zweimal stand er vor Gericht, beide Male wurde er aus Mangel an Beweisen laufengelassen, Freispruch zweiter Klasse.

Er war wie viele in seinem Umfeld noch lange der Meinung, dass die RAF *eigentlich* auf der richtigen Seite stehe, Baader, Ensslin, Raspe, Revolutionäre, die man wie Popstars bewunderte, «klammheimliche Freude», wenn sie wieder mal ein *Schwein* zur Strecke gebracht hatten. «Buback, Ponto, Schleyer, der Nächste ist ein Bayer» lautete einer der populären Slogans. Lange ist das her. Von den jungen Antifaschisten, Antirassisten, Antiimperialisten oder wie die sich heute nennen (sie haben keine Ahnung, was das überhaupt bedeutet, große Klappe, wenig durchlitten, wenig durchdacht), weiß kaum noch einer, dass mit *Bayer* FJS, Franz Josef Strauß, gemeint war und wer das überhaupt sein soll.

Wer *er* ist oder war, weiß natürlich auch keiner von denen. Für sie ist er einer von vielen alten Zauseln, Schlunzis, Polit-Opas, die in dem hippen Szeneviertel hängengeblieben sind. Er ist groß, schwer, massig, wirkt seltsam ausgeleiert und hängend, als wäre bei ihm die Erdanziehungskraft besonders wirksam. Unter den Augen tiefe Ringe, die Hautpartien darunter dunkelgrau und so schlaff, als würden sie nachts mit Bleigewichten beschwert. Auch vom Kiefer hängt die Haut in schlaffen Falten herab. Sein Gesicht ist oft so leer, als wäre er selber nicht darin.

Ein zerkrümeltes Gespenst, das hin und wieder aus seinem Loch gekrochen kommt, um bei allen möglichen unpassenden Gelegenheiten, zu unpassenden Zeiten und an unpassenden Orten herumzukäfern. *Passende* Gelegenheiten, Zeiten und Orte gibt es für einen wie ihn keine mehr. Dabei war das Schanzenviertel doch sein Kiez, zählte er zu den Machern, Wortführern, Chefs, Kings. In jeder Kneipe wurde er erkannt, seine Meinung war gefragt, es hätte richtig was werden können aus ihm. Höhepunkt seiner kurzen Karriere war eine Doppelseite im SPIEGEL: *DER HEILIGE LUTZ AUS JESTEBURG*. Jesteburg, der Vorort, aus dem er stammt; heilig, weil er als moralisches Gewissen der Partei galt. Doch fehlten ihm Wille, Durchsetzungsvermögen, Skrupellosigkeit, Pragmatismus eines Joschka Fischer, und so blieb er im Gemetzel zwischen Fundis und Realos auf der Strecke. Je kleiner die Partei, desto unerbittlicher bekanntlich die Grabenkämpfe. KPDML, Kommunistischer Bund Westdeutschland, Maoisten, Stalinisten, Bunte Liste – Wehrt euch oder was es an Splittergruppen sonst noch alles gegeben hatte. Wo man die Kräfte doch so dringend gegen die wahren Feinde benötigt hätte.

Er verlässt seine Wohnung immer seltener. Wozu auch, er hat da schließlich alles, was er braucht: Bücher. Jeder Quadratzentimeter ist zugestellt, zwei Drittel Politzeugs, ein

Drittel Hochliteratur, nicht ein einziges populäres Buch. Lesen bedeutet für ihn in erster Linie Arbeit, harte Arbeit, er verachtet Unterhaltungs- und Trivialliteratur.

Im Laufe der Jahre ist im Viertel alles weggebrochen, was ihm lieb und teuer war: Cafés, Kneipen, Geschäfte, Friseur, Getränkehändler, linke Buchhandlung, Fahrradladen, alles dicht, weg, geschlossen, eingegangen. Bis auf eine einzige Kneipe, *Schnulze*, schrecklicher Name, ein versifftes Achtziger-Relikt, Heimstatt für die paar Übriggebliebenen. Nur eine Frage der Zeit, wann auch dieser verqualmte Schandfleck der Gentrifizierung zum Opfer fällt. Von seinen alten Mitstreitern, Freunden, Kampfgefährten, Genossen sind nur noch zwei übrig, der Rest ist weggezogen, gestorben, verschollen, von Krankheiten durchsiebt.

Wenn er doch mal vor die Tür geht, schlägt ihm Gleichgültigkeit, Unwillen, manchmal sogar Verachtung und offene Feindseligkeit entgegen. Oder bildet er sich das ein? Er weiß es selber nicht. Gerade gestern hat ihn so ein junger, überheblicher Scheißtyp von oben bis unten gemustert; sein Blick sagte: «WAS HAST DU HIER EIGENTLICH VERLOREN, DU KAPUTTES ALTES ARSCHLOCH.»

Dabei benimmt er sich schon so unauffällig wie möglich, als wäre er gar nicht da. Längst hat er akzeptiert, das andere das Sagen haben, einer wie er allenfalls geduldet wird. Er möchte einfach nur sein kleines Bücherwurmleben in Ruhe und halbwegs in Würde zu Ende leben. Zu seiner Mini-Halbwaisenrente verdient er sich mit wissenschaftlichen Lektoraten was dazu. Er ist sagenhaft gebildet, wie es aussieht, gibt es in Kultur und Gesellschaft wenig, was er nicht weiß. Dabei ist er bescheiden, zuverlässig, gewissenhaft, nie würde er sich aufdrängen oder sein Wissen zur Schau stellen. Er wird für seine Arbeit sehr schlecht bezahlt, weit unterhalb des Mindestlohns, jeder Zeitungsjunge bekommt mehr, eine richtig verrückte Ausbeutung ist das bei den krepierenden Linken. Aber da geht es ihm nicht viel anders als den Kollegen der Konkret, TAZ, Jungle World. Und das nicht weil sich irgendjemand bereichern will, es geht einfach nicht anders.

Einmal im Monat tritt er mit einer Art Polit-Kabarett-Programm in einem winzigen Laden auf. Für fünf Euro Eintritt liest er selbstverfasste oder Fremdtexte, krudes, verrücktes, kompliziertes Spezialistenzeug, es kommen immerhin zwischen 20 und 30 Leute, Altlinke, Althippies, Altirgendwas.

Die *jungen* Linken, Radikalen, Autonomen interessieren sich nicht für den alten Knacker mit den wirren Texten. Zum einen bleiben die lieber unter sich, zum anderen verstehen die das *inhaltlich* nicht. Weil sie zu dumm sind. Weiß Lutz. Große Schnauze und nichts dahinter, die jungen, geilen Antifas. Dumm, und frech. Und letzten Endes total apolitisch, denkt er. Er kann die wirklich nicht leiden, mit ihren durchtrainierten Körpern und der Arroganz von Menschen, die nichts zustande gebracht haben, umgeben von ihrer undurchdringlichen, humorlosen Vitalität.

Wenn die wüssten, denkt er oft. Wenn die beispielsweise wüssten, dass er fast alle Topterroristen der ersten Generation persönlich kannte, dass er konspirative Wohnungen besorgt hatte, nach Banküberfällen. Das fänden die sicher *geil*. Geil, Alter, erzähl mal.

Seinerzeit hat man ihm eine gewisse Ähnlichkeit mit Che Guevara nachgesagt. Ein gefragter Sexualpartner war er jedenfalls, mein Gott, war das damals alles versoffen, verdrogt und verfickt, die Erinnerung daran schmerzt. Aus, vorbei, für immer. Er hat mittlerweile selbst das Wichsen so gut wie eingestellt. Ein Muskel, der nicht beansprucht wird, verkümmert, sagt man. Stimmt. Wie eine Attrappe kommt er sich vor, entkörpert, seiner Männlichkeit beraubt, für Frauen untauglich. Ausgetrocknet, vor allem der Samen, trocken und braun, wie Pollen. Nur an manchen Sommertagen macht ihn der Anblick der sexy Girls mürbe, diese endlose Parade der Körperteile, die die verdammte Schanze bis in den letzten Winkel kontaminieren. Die bleiben immer 23, während er jedes Jahr älter wird. Das abgestandene, mühsam gebändigte Blut bricht hinter der Sperre hervor, und er muss dann sofort gehen. Er findet sich selbst ja abstoßend. Alter und Hässlichkeit, nach junger Mädchenschönheit dürstend, so weit ist es nun gekommen.

So ab Mitte dreißig ziehen die Leute weg, wer es sich leisten kann, nach Ottensen, Eppendorf oder Harvestehude, der Rest in den Speckgürtel. Nach Pinneberg, Winsen, Elmshorn, wo sie sich in Pendler *verwandeln*, die ärmsten aller armen Wichte. Er hat auch schon öfter überlegt, aufs Land zu ziehen, dummerweise hat er nie den Führerschein gemacht, außerdem wäre es ein Wahnsinn, die Wohnung aufzugeben, er zahlt 587 Euro warm, etwa ein Drittel der ortsüblichen Vergleichsmiete.

Selbst die mies vergüteten Lektorate werden immer weniger. Drei Jahre noch bis zur Rente, da heißt es Zähne zusammenbeißen und irgendwie durchhangeln. Allerdings wird's dann finanziell wohl so eng, dass er auch die lächerliche Miete nicht mehr wird aufbringen können und mit seinen Freunden eine Alters-WG gründen muss. Back to the roots, back to the youth, WG wg. Altersarmut. So eine fröhliche Rentner-Kommune wie die des ehemaligen Bremer Bürgermeisters Henning Scherf wird das unter Garantie nicht.

Dann erwischt es ihn, in einer eiskalten Novembernacht sackt er um zwei Uhr morgens auf der Toilette im Schnulze zusammen. Schwerer Schlaganfall. Bis in die frühen Morgenstunden hängt er auf dem angeschlagenen Toilettensitz aus Pressspan, auf dem schon unzählige Kippen ausgedrückt wurden, bis er endlich gefunden wird.

Nach sechsmonatiger Reha verbringt man ihn ins Alten- und Pflegeheim *Haus am Kurpark* in Bad Oldesloe. Ausgerechnet Bad Oldesloe. Dort verbrachte auch Heino Jäger, eines seiner größten Idole, in geistiger Umnachtung seine letzten Lebensjahre.

Geistig umnachtet ist Lutz nicht, allerdings wird er bis ans Ende seiner Tage auf den Rollstuhl angewiesen sein. Er wundert sich, wie wenig ihm das ausmacht, ja, auf gewisse Weise ist er sogar froh darüber, dass es so gekommen ist, ihm fortan alle Entscheidungen abgenommen werden, er sich nicht um seine Rente, Miete, Lektorate kümmern und über die Scheiß-Schanzen-Hipster ärgern muss, sondern den lieben (endlich ist der Tag wieder lieb) langen Tag das machen kann, was er möchte: Lesen. Er spürt die Angst ablaufen wie Badewasser, sie verdampft, auch der Knoten in seinen Eingeweiden entwirrt sich, und der Druck auf Augen und Ohren lässt langsam nach.

Gleichmut gegenüber der Sinnlosigkeit des Lebens. Es erlischt, was mal loderte oder wenigstens glomm. Wir kommen aus dem Nichts und verschwinden im Nichts, alles sonst sind fromme Wünsche und infantile Phantastereien.

Hier, mitten unter den Alten, Invaliden, Versehrten, Debilen und Schwerstpflegefällen, interessiert sich nun wirklich niemand mehr dafür, wer er früher mal war und heute ist.

Die Wilhelm-Busch-Expertin

Deutschlandradio Kultur. Zum Jubiläum von *150 Jahre Max und Moritz* ist eine Wilhelm-Busch-Kennerin eingeladen, die vom Moderator als DIE führende Busch-Expertin Deutschlands vorgestellt wird. Der Stimme nach ein Bildungsbürgermuttchen, streng, asketisch, Abstinenzlerin usw., Typ Evelyn Hamann, so stellt man sich die vor. Sie fühlt sich geschmeichelt, das hört man, erwähnt, dass es noch andere verdiente WB-Experten gebe, Dr. Soundso zum Beispiel und den mittlerweile über achtzigjährigen H. G. Aber zwischen den Zeilen lässt sie schon durchblicken, dass der Moderator mit seiner Einschätzung goldrichtig liegt, selbstverständlich ist sie die unumstrittene Nummer eins. Zunächst gibt sie sich sachlich, kritisch, erwähnt auch kleinere Schwächen Buschs, aber als der Moderator plötzlich vermeintlich *unverschämte* Fragen stellt, kippt das Gespräch. Sie verteidigt den Meister immer erregter gegen die Angriffe eines unwissenden Idioten, als der sich ihr Gegenüber entpuppt. Wie kann der es wagen! Geradezu hysterisch wird sie, sie ist den Tränen nahe. Der Moderator weiß überhaupt nicht, wie ihm geschieht, es war, es ist doch gar nichts los. Eben doch: Wilhelm Busch und sie sind längst eins geworden, jeder Angriff gegen ihn ist auch ein direkter Angriff gegen sie.

Mehr Speck essen

Flug LH 1455, Hamburg–München. Frietjof, der junge Schauspieler, hat es beim Casting für die Hauptrolle in einem Spielfilm unter die letzten drei geschafft. Das könnte sein Durchbruch werden, one in a million, ein Wunder; Tausende, ach was, Zehntausende arbeitsloser Schauspieler warten ihr Leben lang vergeblich auf so eine Chance. Er macht sich noch verrückter, als er ohnehin schon ist. Ich muss es schaffen, denkt er sich, und: Wenn das misslingt, ist alles verloren. Bitte, lieber Gott, bitte. Und so weiter. Richtig hysterisch, er wünschte, er wäre cooler, aber das ist er nicht, war er noch nie, ganz im Gegenteil: Er hadert, grübelt, zweifelt, nimmt sich alles zu Herzen. Schlechte Voraussetzungen für einen Job, bei dem Absagen die Regel und eiserne Nerven gefragt sind. Doch jetzt ist er *einmal* ganz dicht davor. Seine Agentur gibt sich überzeugt, dass er die Rolle bekommt. Sagen die zumindest.

Der Flug geht um 8.11, er ist zwei Stunden vorher am Check-in, wie bei einem Ferienflug. Seit vier ist er wach, und er hat sofort damit begonnen, seinen Text runterzubeten. Genau 341 Wörter. Neben seiner Rolle soll er nämlich noch was Eigenes vorspielen, ohne Vorgabe. Ein Solo. Aus tollen Sätzen, Gänsehautsätzen, großen, tiefen Sätzen aus Büchern, Filmen, auch ein paar eigenen, hat er einen Text gebaut. Eine Art Weltschmerz-Monolog, ein Junge-Leute-Weltschmerz-Text (Frietjof ist 22). Es gilt, den im Schlaf zu beherrschen, denn wenn er sich drauf konzentrieren muss, welcher Satz als Nächstes kommt, kann er sich nicht aufs Spiel konzentrieren. Dieses verdammte Textlernen! Im Fernsehen benutzen die Prompter, ein echter Fortschritt. Wie der Unterschied zwischen Navigationsgeräten und Landkarten. Der Vergleich hinkt, macht nix, man weiß, was gemeint ist. Einige berühmte Kollegen (obwohl er die von Rechts wegen *noch* nicht Kollegen nennen dürfte) platzieren ihre Textkärtchen neben der Kamera. Peinlich. Bei den hohen Gagen ist es doch wohl nicht zu viel verlangt, die paar Zeilen zu lernen. Lächerlich, wenn man das mal mit dem Textaufkommen am Theater vergleicht.

Er fliegt zum ersten Mal Business Class. Unter den *Businessmen* und den drei *Businessladys* ist er der Einzige in Jeans, Hemd und Pullunder. Was die wohl von ihm denken? Gar nichts, die haben Besseres zu tun, starren auf ihre Handys und Pads und Books und Tablets, ein paar Ältere lesen Zeitung, Wirtschaftsteil. Sie nutzen den Flug, um Börsenkurse zu studieren, Deals einzufädeln, Meetings vorzubereiten. Business-Alltag. Wenn die eine Ahnung hätten! Wie wichtig dieser Tag für ihn ist, der wichtigste Tag seines Lebens, hopp oder topp, alles oder nichts. Ruhig, ruhig, ruhig! Nicht schon wieder.

Der Platz links von ihm ist frei geblieben, rechts, am Fenster, sitzt ein *Chef*. Schraubenfabrikant aus dem Schwäbischen oder so ähnlich (Industriekapitän, Wirtschaftsmagnat, seltsam, dass Frietjof diese etwas antiquierten Begriffe in den Sinn kommen). Der Chef ist um die sechzig, massig, dominant, raumgreifend. Einer, für den Zeit Geld ist, ein Zahlenmensch, Ellenbogenmensch, einer, der keinen Spaß versteht. Seine linke Hand ruht auf der Lehne, er breitet sich wie gewohnt aus. Was wäre wohl, versucht

Frietjof sich vorzustellen, wenn nicht *ich* hier sitzen würde, sondern ein anderer Chef, ein ebenbürtiger Platzhirsch, ein zweites Alphatier? Tragen die subtile Rangordnungsgefechte aus nach Regeln, die er nicht versteht? Oder halten die für die Dauer des einstündigen Fluges still? Waffenruhe auf Augenhöhe.

Er sollte sich lieber auf den Text konzentrieren. Zum hundertfünfzigsten Mal geht er seine 341 Wörter durch, die STELLEN, von denen er hofft, dass die Jury sie genauso beeindruckend findet wie er: «Gott ist alles andere als moralisch. Schaut heiter zu, wie seine Geschöpfe einander verschlingen und dabei erbarmungslos quälen. Weder bei Gott noch bei seinen Geschöpfen gibt es Erbarmen. Des Lebens Grundprinzip ist das Böse» … *Grundprinzip ist das Böse,* wiederholt er. Und wie weiter? Er hat einen Hänger. An dieser Stelle hatte er noch nie einen Hänger. Das saß doch immer bombensicher! Also noch mal von vorn. Diesmal kommt er durch, dafür hakt es woanders. «Wie kann ein Herz, ein nicht ganz gesundes Herz, so viel Unzufriedenheit und so viel ununterbrochen zerrendes Verlangen ertragen.» … *Verlangen ertragen.* Weiter. Die erwarten, dass der Text sitzt, wenn die eines erwarten, dann das. Der Chef blättert in der FAZ. Der hat's gut, denkt Frietjof, der muss sich im Unterschied zu mir kleinem Möchtegern-Schauspieler nicht mehr beweisen, der *kann* auf dem Flug was arbeiten, *muss* aber nicht. Herrlich, wenn man erst mal so weit ist, es sich aussuchen zu können. Ach, denkt Frietjof, ob es bei mir jemals so weit sein wird, dass ich mich entspannt zurücklehnen und an was Schönes oder gar nichts denken kann? Bis dahin ist es noch ein weiter Weg. Also komm, weiter, Text, Text, Text: «Ich liebe die Abgrenzung, nicht die Einsamkeit. Es gefällt mir, ein Kommen und Gehen um mich herum zu haben, während ich allein in dem Zimmer bin», flüstert er leise vor sich hin. Der Chef schaut irritiert von seiner Lektüre auf. Was murmelt das Bürschlein denn da für einen Schwachsinn?

Bordservice. Salami oder Käse? Um Gottes willen, Frietjof wird schlecht, wenn er nur ans Essen denkt. Maximal 'ne Cola passt rein. «Eine Cola light, bitte.» Der Chef wählt ein Salamisandwich, Kaffee und Sprudelwasser und klappt das Tischchen herunter. Er freut sich schon, die belegen ihre Sandwiches hier mit Tomate, Gurke, roter Paprika und einer Art Majonäse, ganz vorzüglich ist das. Frietjof schaut auf die Uhr. Verbleibende Flugzeit dreißig Minuten. Text, Text, Text! «Ich bin so leicht erschöpft, weil ich für jede Handlung die gleich große Energie anwende, und wenn die Handlung das nicht erfordert, tritt sofort tiefe Erschöpfung ein.» ... *tiefe Erschöpfung ein.* Schon wieder ein Hänger. Er schaut auf seinen zerknüllten, verschmierten, verschwitzten Zettel. Der Chef klappt die Zeitung zusammen, lehnt sich zurück und beißt *seelenruhig* in das Salamisandwich, während Frietjof auf seinem Sitz ruckelt und seine Klamotten zurechtzubbelt und mit den Zetteln raschelt. Seine Nervosität ist ansteckend. Wieso kann das Bürschlein nicht still sitzen? Der Chef linst auf Frietjofs Zettel: «Nie hat man uns Entspannung gelehrt, immer nur Anstrengung, doppelte Anstrengung, keine Freude gelehrt, sondern immer nur ödeste Nützlichkeit.» Der Chef verfügt über Menschenkenntnis und auch sonst über genaue Kenntnisse, deshalb liegt er mit seiner Einschätzung richtig: Die Zeilen sind nicht auf Bürschleins Mist gewachsen, der lernt die auswendig, weil er 'ne Prüfung vor sich hat. Ein Verbrecher auf der Flucht ist der sicher nicht, haha. Als Verbrecher ungeeignet, so wie der sich gerade in die

Hose macht. Schwache Vorstellung. Schwach, schwächer, schwächstens. Der soll sich mal beruhigen, fällt eh durch. So einer kann vorbereitet sein, wie er will, wenn die Nerven nicht mitspielen, dann kann er pauken, bis er schwarz wird, nützt nichts, dann nützt gar nix. Wenn der Chef eines weiß, dann das. Die Stewardess räumt ab. Frietjof nennt sie im Geiste *Stewardess*, der Chef *Saftschubse*. Ein gewichtiger Unterschied. Frietjof erhascht *versehentlich* einen Blick auf ihr Dekolleté und kriegt einen Steifen. Er nennt seine Erektion einen *Steifen*. Der nächste Unterschied. Ach Gott, ach Gott, ach Gott, auch das noch. Der Chef guckt *absichtlich* auf den Busen und gleich noch auf den Po, bekommt aber keine Erektion und einen Steifen schon mal gar nicht. Der eine hat sich im Griff, der andere nicht. Ist das alles peinlich, ist das Leben zermürbend und anstrengend, es geht alles wieder mal deutlich über Frietjofs Kräfte. Egal, Text, Text, Text. «Nur die Getriebenen erreichen die Unendlichkeit.» Genau. Wieder liest der Chef mit «Ich habe die Gelegenheit verpasst, mich selbst, so wie ich bin, hinter mir zu lassen und so zu werden, wie ich noch sein könnte. Ich bin ich, bis zu meinem Todestag an mich selbst gekettet.» Aus welchem Grund sollte man sich hinter sich lassen wollen?, fragt sich der Chef, so ein Schwachsinn, wer sich *ernsthaft* darüber Gedanken macht, der wird es nicht weit bringen. Er versteht nicht, wie man sich für so was interessieren, wie man sich das Leben damit schwermachen kann. Wäre der Bursche sein Sohn, würde er den schon auf Spur bringen. Er hat bisher noch jeden auf Spur gebracht, seine Spezialität. «Ich bin unfähig, mit Menschen zu leben, zu reden. Versinken in mich, denken an mich. Stumpf, gedankenlos, ängstlich. Ich habe nichts mitzuteilen, niemals, niemandem.» Der Chef seufzt und faltet sorgsam die Zeitung zusammen, während die Maschine ihre Reiseflughöhe verlässt.

Hoffentlich ist der Fahrer pünktlich, denkt Frietjof. Er ist noch nie von einem Fahrer abgeholt worden, er weiß gar nicht, wie genau das geht. Ein Schild soll der angeblich hochhalten. Eines mit seinem Namen oder dem Namen der Produktionsfirma? Zur Not hat er auch noch eine Telefonnummer. Meine Güte, heute ist er wieder besonders lebensuntüchtig.

Die Maschine ist gelandet und gelangt auf ihre *endgültige Parkposition*. Frietjof muss noch an die Gepäckablage. Beim Einsteigen hat die Stewardess seine Tasche dort verstaut, aber von der ist weit und breit nichts zu sehen. Er drückt an den Verschlüssen herum, er checkt nicht, wie das geht. Der Chef kann nicht fassen, wie ungeschickt sich *ein einzelner Mensch* anstellen kann. Schließlich macht er dem traurigen Schauspiel ein Ende und lässt mit Daumen und Zeigefinger den Verschluss aufspringen. Dazu serviert er eine vernichtende Bemerkung, eine ganz und gar vernichtende Bemerkung: «Mehr Speck essen.» Er macht damit Frietjofs letzte, kleine, klägliche Restbestände an Selbstbewusstsein zunichte, und der bekommt die Rolle dann auch nicht.

Attacke!

In einem städtischen Park zieht ein Mann in den frühen Sechzigern ultralangsam seine Laufrunden. Mit den dünnen Beinchen und dem schlaffen, dicken Bauch sieht er aus wie einer, der sich nach jahrelanger sportlicher Abstinenz endlich aufgerafft hat, es noch mal wissen will, mal wieder was für sich tut. Man ahnt, was in seinem vor ungewohnter Anstrengung roten Kopf vorgeht: «Es ist nie zu spät, wer rastet, der rostet, es gibt nicht Gutes, außer man tut es.» Er wirkt hier, im Reich der Disziplinierten und Asketen, wie ein Fremdkörper, Sportdress und Schuhe sind, obwohl nigelnagelneu, erkennbar aus der Mode, so was trägt doch heutzutage kein Mensch mehr.

Zum Glück ist heute nicht allzu viel los, und gleich ist es auch geschafft, dann hat er fünf Kilometer auf der Uhr, das ist nicht schlecht, überhaupt nicht schlecht, sogar mehr, als er sich vorgenommen hat. Er rechnet aus, wann er die Zehn-Kilometer-Marke reißen wird, in einem Jahr vielleicht schon Halbmarathon. Das erste Erfolgserlebnis macht ihn ein wenig übermütig.

Während er seinen Gedanken nachhängt, nähert sich von hinten ziemlich schnell ein anderer, jüngerer Läufer. Durchtrainiert bis ins Mark, athletisch, kein Gramm Fett, humorlos, so wie der aussieht, hat er bestimmt irgendwie professionell mit Sport zu tun. Von Beruf: FIT. Doch statt den Anfänger zu überholen, nimmt er Anlauf und springt ihm mit voller Wucht in den Rücken. Ein furchtbares Geräusch brechender Knochen, einer gesplitterten Wirbelsäule – erstaunlich, *so* klingt das also. Der Alte segelt mehrere Meter durch die Luft, bevor er in furchtbarer Verrenkung schockstarr liegen bleibt. Im ersten Moment denke ich, die Attacke hat den erledigt, muss ihn erledigt haben. Doch dann, ein leises Winseln, Wimmern, Röcheln, der Alte versucht fortzukriechen, sich in ein Gebüsch zu retten. Sein Feind jedoch, der nicht etwa geflohen ist, sondern, immer noch rasend vor Wut, über ihn gebeugt das Schauspiel beobachtet, brüllt ihn an, er solle endlich den verdammten Weg frei machen, er habe hier, in der Gemeinschaft der Aktiven, nichts verloren, nur fort, fort, aus den Augen, aus dem Sinn, endlich sterben soll er, das alte, morsche Schwein.

Klaus & Klaus

Die beiden Kläuse sind seit Ewigkeiten miteinander befreundet, seit der Elektrikerlehre, das war vor über dreißig Jahren. Klaus Schmidt (Klaus 1) und Klaus Lehmkuhl (Klaus 2), auch: der dicke und der dünne Klaus, wie sie sich in Anlehnung an das populäre Blödel-Duo gelegentlich nennen. Klaus 2 ist nach dem Ende der Ausbildung nach Frankfurt gegangen, Klaus 1 ist in L. hängengeblieben, einer Kleinstadt in Schleswig-Holstein. Kennengelernt hatten sie sich seinerzeit über ihre Freundinnen. Felicitas, genannt Feli, die vom dicken (damals noch nicht ganz so dicken) Klaus, und Sabine, die vom dünnen Klaus (damals richtig dünn, heute schlank). Sabine gibt es nicht mehr, also es gibt sie schon noch, aber irgendwo anders, nach der langen, qualvollen Trennung (sie war seinerzeit mit nach Frankfurt gegangen) flüchtete sie in das *Dreiländereck*, den südwestlichsten Zipfel Deutschlands. Dort hatte sie einen Mann kennengelernt, Bühnenarbeiter beim Theater Basel, nichts Dolles, aber lieb und treu und zuverlässig, sie war froh, in ihrem Alter (42) und Zustand (Diabetikerin, mollig) noch jemanden gefunden zu haben. Klaus 2 hatte nach der Trennung erst mal nichts Festes mehr gewollt. Abenteuer, Affären, Viertel-, Drittel-, Halbbeziehungen. Oft hätten die Frauen sich gewünscht, dass mehr draus würde, aber Klaus 2 wollte sich unter keinen Umständen gleich wieder *verhaften* lassen, wie er das nannte. Er wollte frei sein, frei bleiben. Nach zwanzigjähriger Beziehung gab es ja auch einiges nachzuholen, außerdem war keine dabei, die es wert gewesen wäre, dafür seine Freiheit aufzugeben.

In Frankfurt hat er auf dem zweiten Bildungsweg seinen Betriebswirt gemacht, er ist jetzt Geschäftsführer einer Firma für Getriebemotoren. Klingt langweilig, ist aber interessant, wie er auf Nachfrage zu sagen pflegt.

Er kam schon immer gut an bei den Frauen, und daran hat sich bis heute nichts geändert. Er bekommt jüngere, hübschere, auch *coolere* ab als andere Männer seines Alters. Was auch daran liegt, dass er im Unterschied zum dicken Klaus stets auf sein Gewicht geachtet hat. Ab einem gewissen Alter gibt es bei den Männern eine klare Zweiteilung zwischen denen, deren Körperfettanteil explodiert, und denen, auf die das nicht zutrifft. Außerdem hat er volles Haar, nirgends lichte Stellen, Geheimratsecken, Tonsur. Gepflegt und immer wohlriechend ist er auch, das wissen Frauen ebenfalls zu schätzen. Man könnte ihn mit fünfzig als *noch jung wirkend* bezeichnen.

Vor einem halben Jahr ist ihm Maureen begegnet, achtundzwanzig, Typ *rassige Schönheit*, aus gutem Hause (Vater Verwaltungsrichter, Mutter Fachanwältin für Verkehrsrecht). Eine, anderthalb, ach was: zwei Klassen oberhalb seiner *Range*, seiner Kragenweite. Sie zählt zu den Frauen, für die man alles stehen- und liegenlässt, Vorsätze *bereitwillig* über Bord wirft, es wäre geradezu leichtfertig, es nicht zu tun. Ein Glücksfall, ein absoluter Glücksfall. Instinktiv weiß er, dass ihm so was nicht noch mal passieren wird, was Besseres schon gar nicht. Wenn er sechzig ist, ist sie erst 38, bei ihren Top-Genen ist das NICHTS. Ständig ist er am Rechnen. Sie gibt ihm ein Leben in der Größenordnung, in der er leben will.

Die Klarheit ihres Gesichts überwältigt ihn immer wieder aufs Neue, er findet kaum Worte dafür, wie toll er sie findet. Sogar einen Kinderwunsch würde er ihr erfüllen. Wenn sie denn einen hat. Hoffentlich nicht.

Des dicken Klaus' Erfolge halten sich in Grenzen. Selbständiger Elektrikermeister mit drei Angestellten, der Laden geht gut, aber von allein läuft gar nichts, er muss immer noch ackern wie bekloppt, obwohl er sich mit vierzig vorgenommen hatte, spätestens mit fünfzig kürzerzutreten. Gar nicht so einfach, gar nicht so einfach. Er ist immer noch mit Feli zusammen, seit 32 Jahren nun schon, davon 21 verheiratet, zwei Kinder. Dann gibt es noch eine dreizehnjährige Tochter, Seitensprung, von dem Feli nie, wirklich niemals, erfahren darf. Er zahlt brav Alimente und hofft, dass nichts rauskommt. Aus seiner Sicht ist die Sache verjährt, aber man weiß ja nie.

Als er noch nicht so dick war, ließ er nichts anbrennen, jede Gelegenheit hat er genutzt. Je dicker und müder er wurde, desto rarer wurden die Gelegenheiten, jetzt hätte er *wahrscheinlich* gar keine mehr. Noch bevor seine Chancen gänzlich auf null sind, unterlässt er Werbung, auch bei günstigen Voraussetzungen. Er kann sich bei selbstkritischem Blick in den Spiegel nicht vorstellen, dass seine Erscheinung noch irgendwelche weiblichen Reflexe auslöst. Er kommt sich vor wie nicht vorhanden. Aber irgendwie auch gut, dass es vorbei ist, denn es ist *auch* vorbei mit dem Lügen und Betrügen und ewigen Bibbern, dass was auffliegt. Diese rasende Liebe, sich von Begehrlichkeiten quälen lassen, irgendwie albern, Schnee von gestern. Ein Leben ohne neue Eroberungen wäre ihm früher unvorstellbar gewesen, jetzt ist es *normal*. Wahrscheinlich verhält es sich so wie mit dem Alter. Mit 20 kann man sich auch nicht vorstellen, irgendwann mal 60 zu sein, dann ist man's, und es fühlt sich auch ganz normal an.

Ein Glück, dass er immer noch mit Feli zusammen ist. Wenn nämlich Liebe das Gefühl von Beständigkeit ist, kann er unendlich froh sein darüber, dass es Feli gibt. Wenn's nach ihm ginge, würden sie trotz absoluter Sexlosigkeit und sonstiger ehelicher Verschleißerscheinungen zusammenbleiben. So schön wie mit seiner Feli wird es mit keiner anderen mehr.

Hoffentlich geht es mit der unehelichen Tochter weiterhin gut, sprich: Die Mutter und vor allem deren Brüder, die als Einzige eingeweiht sind, halten dicht. Man denkt ja immer, dass durch einen dummen Zufall bestimmt mal alles auffliegt. Aber die Zahl der Kuckuckskinder spricht eine andere Sprache. Wenn Verhältnisse nur lange genug bestehen, sind sie irgendwann betoniert. Und wer will dann den schwarzen Peter haben; nur um der Wahrheit willen aufklären, mit unabsehbaren, oft fatalen Folgen. Klappe halten, und gut ist.

Der dicke Klaus Schmidt ist am 12. September fünfzig geworden, und das soll heute, am Samstag, gefeiert werden, rustikal, fröhlich, bodenständig, wie es in seinen Kreisen üblich ist. Die beiden Kläuse sehen sich in der Regel zweimal im Jahr, bis jetzt haben sie es noch gar nicht geschafft. Gefeiert wird im Resthof eines Freundes, mit riesigem Grundstück, riesigem Garten, groß genug für die etwa hundert Gäste. Ärger wegen Lärm gibt's da auch keinen. Es ist noch einmal richtig warm geworden; wenn es abends abkühlt, ziehen sie einfach um in eine der ehemaligen Stallungen.

Klaus Lehmkuhl und Maureen übernachten im fünf Kilometer entfernten Landhotel Burckardt, *dem ersten Haus am Platze.* Zuerst wollte sie nicht mitkommen, sie würde, meinte sie, doch nur stören, wenn er im Kreis der alten Kumpel einen losmacht, die alten Zeiten wiederaufleben lässt. Gibt doch bestimmt eine Menge zu erzählen, und die Männer wollten doch unter sich bleiben. Nein, nein, hatte Klaus 2 widersprochen, das sei ganz und gar kein Männerabend. Die Männer kämen in Begleitung ihrer Frauen, mit Ausnahme der armen Willis, die unfreiwillig alleine sind, immer noch oder schon wieder. Er würde es wirklich sehr zu schätzen wissen, wenn sie ihn begleitete. Bitte.

Na, wenn das so ist. Große Lust hat sie nicht, denn am besagten Wochenende feiert auch eine Freundin ihre Abschiedsparty (sie zieht für länger nach New York), da geht es sicher interessanter zu als auf einem Dorfbums. Aber sie möchte ihm den Wunsch nicht abschlagen, außerdem ist sie neugierig, was für welche seine alten Freunde sind, seine alte *Szene*, die Gegend, aus der er kommt. Spüren möchte sie es, hautnah, *emotional*, nicht nur aus Erzählungen.

Er freut sich sehr, dass sie mitkommt. Das wird bestimmt lustig, sagt er, nur ein besonders hohes Niveau dürfe sie nicht erwarten, das sind einfache Leute, die auch schon mal peinlich werden, vor allem, wenn sie getrunken haben, und getrunken wird an solchen Abenden reichlich. Peinlich, aber auch witzig, so Richtung unfreiwilliger Humor, die checken oft gar nicht, wieso, weshalb, warum, aber gerade das macht es aus, du weißt schon.

In Wahrheit freut er sich am meisten darauf, seine neue Trophäe zu präsentieren. So eine wie Maureen haben die in dem Kackdorf noch nie gesehen, das kennen die höchstens aus dem Fernsehen oder der Yellow Press. Gibt es einen besseren Beweis dafür, dass man es geschafft hat? Geld und Besitztümer sind das eine, aber wenn man 'ne dicke hässliche Olle an der Seite hat, na vielen Dank auch. Eine wie Maureen bedeutet *wahren Reichtum*. Er freut sich schon auf die ungläubigen, anerkennenden, neidischen Blicke.

Von den alten Freunden hat es sein Best Buddy Klaus Schmidt mit seinem Elektroladen (Elektro-Schmidt) noch am weitesten gebracht. Bei den anderen kann von *Karrieren* nicht die Rede sein, wenn überhaupt, dann von *Laufbahnen*, genauer: *Werdegängen*. Das Leben nimmt seinen Gang, mehr nicht. Einige, wenn nicht die meisten, sind, bei Lichte besehen, auf ganzer Linie gescheitert. Stephan zum Beispiel lebt nach der Scheidung wieder bei seiner Mutter, steinalt ist die mittlerweile, und Jörg haust in einer Art Waldhütte, einer Hütte im Wald, ohne Heizung und Strom. Wie nennt man so einen? Waldmensch? Yeti? Selbstversorger? Gerüstbauer, vom Dach gefallen, berufsunfähig, Rente, Ende im Gelände. Maik und Dings leben von Harz IV, irgendwo allein, in kleinen, billigen Wohnungen. Der traurige Rest: Wurschtelt, mogelt, schleicht sich auf dem Seitenstreifen durchs Leben. Der Oberbegriff für solche Leute: Schweigende Mehrheit. Und dann ist da noch *Rotkohl*. Wie der eigentlich heißt, weiß keiner mehr so genau, ist ja auch egal. Dass der überhaupt noch lebt! Trinkt nach wie vor Unmengen billigen Rotwein, daher auch das gedunsene, rote Gesicht, daher der dumme Spitzname. Immer der Erste, der besoffen ist. Aber manchmal, wenn er gut drauf ist, hat er so einen *Lauf*, dann kann der Eddel eine ganze Gesellschaft unterhalten, abartig ist das, Rotkohl, ich brech zusammen.

Maureen und Klaus 2 sind die letzten Gäste, die am späten Nachmittag, pünktlich zum Sonnenuntergang, eintrudeln. Tja, so sind sie, die Großstädter, die Frankfurter, die feinen Pinkel, brauchen wohl einen Extraauftritt. Die Leute stehen in Grüppchen im Garten herum oder sitzen auf Bierbänken, die Tische sind aus Plastik, einige kaputt, angeschlagen, mit Rissen. Zwei überdimensional wirkende *Profigrills* in laufendem Betrieb. Meine Güte, denkt Klaus 2, so schlimm hatte ich die gar nicht in Erinnerung. Das geballte Elend auf einem Haufen, grau, dick, faltig, marode, zerschlissen. Menschen, die ihren Lebenshöhepunkt nie erreicht haben. Auch Jubilar Klaus 1 hat noch einmal richtig zugelegt, schätzungsweise zehn Kilo. Dem ist jetzt wohl alles egal.

Maureen und er wirken in diesem trostlosen Meer aus grau und blau und beige und braun wie von einem anderen Stern. Beautiful People. Jet-Setter. Paradiesvögel. Sie sowieso, aber auch er kommt sich vor wie ein Model, zwar nur wie eins aus dem Versandhauskatalog, aber immerhin. Irgendwie peinlich alles.

Er hatte sich ihrer beider Auftritt anders vorgestellt. Neid, offene Münder, Respekt, Anerkennung, Daumen hoch. Stattdessen: Desinteresse, Unverständnis, gar Feindseligkeit. Die alten Kumpel mögen es zwar im Leben nicht weit gebracht haben, aber dumm sind sie deshalb noch lange nicht. Schwer unsympathisch, wie der Ehemalige ihnen in Hoppla-jetzt-komm-ich-Manier seine geile Alte präsentiert. Den weiten Weg hätte er sich sparen können. Er gehört nicht mehr hierher, er gehört nicht mehr zu ihnen, gemeinsame Biographie hin, gemeinsame Biographie her.

Was Maureen wohl gerade so denkt? Die scheint es immerhin *ganz interessant* zu finden. Nur beim Anblick des Billigfleisches auf den Riesengrills wird ihr etwas elend zumute. Würste, Würste und nochmals Würste, dazu vormarinierte Nackenkoteletts, vormarinierte Spare Ribs, vormarinierte Hacksteaks. Man hält besser hinter dem Berg, dass man Vegetarier ist. In ihren Kreisen ist es genau umgekehrt, da man muss sich rechtfertigen, wenn man noch Fleisch frisst. Oder raucht. Hier: qualmende Depressionsfiguren, so weit das Auge reicht. Maureen orientiert sich an den Beilagen, Kraut-, Farmer-, Kartoffelsalat. Rohkost-Gemüsesticks, die wie immer unberührt bleiben werden. Immerhin, gebackene Kartoffel mit Sour Cream, sieht ganz okay aus, irgendwie wird's schon gehen.

Klaus Lehmkuhl ist mulmig zumute. Nach einem *witzigen Abend* sieht das nicht aus, überhaupt nicht, hoffentlich kippt das später nicht noch. Die meisten Gäste sind schon seit dem frühen Nachmittag da, spätestens um Mitternacht sind die besoffen. Spätestens dann wird er sich Maureen schnappen und in einem unbeobachteten Moment den Polnischen machen, merkt ja eh keiner. Bis dahin heißt es, gute Miene zum bösen Spiel, Contenance bewahren, vielleicht wird's auch noch. Kennt man ja: Die verstockte Landbevölkerung braucht 'ne Weile, um warmzuwerden, aber dann wird's nur noch herzlich.

Rotkohl hat bereits schwere Schlagseite. Der wird sich gleich in irgendeine Ecke verziehen, eine Runde pennen. Macht er immer so. Nach 'ner Stunde kommt er zurück, bechert weiter, legt sich dann wieder ab, und so geht das dann bis zum Schluss: saufen, pennen, saufen, pennen, bis nichts mehr geht.

Klaus 2 gesellt sich, Maureen im Schlepptau, mal zu

dieser, mal zu jener Gruppe. Er bemüht sich, einen guten Eindruck zu machen oder vielmehr: den schlechten Eindruck zu korrigieren. Warum eigentlich? Klassischer Fall von vergeblicher Liebesmüh. Die meisten sieht er im Leben nie wieder. Maureen und er wirken in egal welcher Gruppe wie Pappfiguren, die einer zufällig aufgestellt hat.

Da, wie heißt der gleich noch, Bernd, mit dem hat er sich doch immer ganz gut verstanden. Also hin da. «Bernd, alter Gauner, wie geht's dir denn so, was machst du?» Bernd arbeitet in der örtlichen Edeka-Filiale und macht sonst auch nichts weiter Besonderes. Er weiß, dass Klaus 2 das weiß. Also was soll die Frage? Also antwortet er etwas komplett Nichtssagendes, etwas extra Nichtssagendes, genauso gut könnte er sagen: «Verpiss dich mit deinen dämlichen Scheiß-Fragen und lass dich hier nie wieder blicken.» In quasi selbstmörderischer Absicht unternimmt Klaus 2 noch einen letzten Versuch: «Darf ich dir Maureen vorstellen?» Doch da hat sich Bernd schon weggedreht.

Was für Idioten, denkt Maureen, ignorante, dumme Bauerntölpel, ohne Charme, ohne Manieren, von Intelligenz und Humor ganz zu schweigen. Abweisend, kalt, freudlos, wie die ganze Gegend hier. Eigentlich ist hier nichts schön, die Höfe, Häuser; ödes, plattes Land, auf dem nur Scheiße wächst. *Wird bestimmt lustig.* Von wegen. Ihr Boyfriend ist also *Best Buddy* mit solchen Knollenmenschen. Wenn das mal nicht doch abgefärbt hat. Der Fluch der einfachen Herkunft klebt lebenslang an einem, eine Hypothek, die man nie mehr loswird, ein Stigma. Wie sagen ihre Eltern immer so schön? Nichts trennt die Menschen so sehr wie das Niveau. Klaus *Lehmkuhl*, der Name sagt's doch schon. So hat sie das noch nie gesehen, da hat sie noch nie drüber nachgedacht: eine lehmige Kuhle, verschlickt und verschlackt, wenn man hineinfällt, kommt man nicht wieder raus.

Sie schaut ihn an, wie sie ihn noch nie angeschaut hat, irgendwie von oben herab, geringschätzig, verächtlich, spöttisch. Sie will das eigentlich gar nicht, der Blick ist ihr so *rausgerutscht*. Er spürt das. Nein, nein, denkt er, als könne er ihre Gedanken lesen. Er weiß ganz genau, dass er weniger ist, als sie bisher angenommen hat. Er kennt seinen inneren Kern: ängstlich, kindisch, feige, skrupellos. Bislang hatte sie die rosarote Brille auf, aber vielleicht ist heute der Tag, an dem die Tarnung auffliegt. Hinter seiner Stirn kaltes Quecksilber. Was, wenn sie sich von ihm abwendet? Er würde ewig brauchen, um drüber hinwegzukommen, vielleicht nie. Seine größte Angst: dass der Tag naht, an dem er über eine Trennung nicht hinwegkommt. Wenn es um emotionale Dinge geht, bewegt er sich, wie viele erfolgreiche Männer, auf Dreijährigen-Niveau. Eine eiskalte Distanz tritt zwischen sie und ihn. Ihm sinkt das Herz.

Gleich neun, drei Stunden noch, die es ohne größere Ausfälle zu überstehen gilt. Er verspürt Hunger. Gut so, das Essen füllt bestimmt ’ne halbe Stunde oder ’ne ganze. Maureen zuliebe verzichtet er auf Fleisch, obwohl er auf das Glibberkotelett da richtig Appetit hätte, er nimmt stattdessen Gemüse und ein bisschen Hühnchen. Sie setzen sich auf eine Bank etwas abseits und essen schweigend. Unangenehm. Das Kaugeräusch dringt aus seinem Kopf heraus. Sie schaut ihn an, mit vollem Mund, fragend irgendwie, er vermag den Blick nicht zu deuten, außer dass er nichts Gutes verheißt. Abbeißen und dann das Kauen vergessen. Mach doch, Mädchen, denkt er, kauen, runterschlucken, ganz einfach geht das.

In die Stille hinein kommt Klaus Schmidt angezuckelt und setzt sich dazu. Gastgeberpflichten. Die beiden Kläuse haben außer den Begrüßungsformeln noch kein Wort miteinander gewechselt. Vielleicht ja jetzt. Dann erscheint auch Feli auf der Bildfläche, mit schiefem Grienen ein Tablett Mojitos und Caipirinhas balancierend. Prost. Auf die Freundschaft, den Fünfzigsten, die Liebe, den Weltfrieden. Die Cocktails sind lauwarm, wässrig, mit zu wenig Zuckerrohrschnaps. Sie knabbern an den dicken bunten Plastikstrohhalmen, keiner weiß so recht was zu sagen.

Mister Elektro-Schmidt ist eine richtige Tonne geworden. Weil er so einen dicken Bauch hat, sieht es immer so aus, als würde er bergauf gehen. Sein kurzes, dünnes hellblondes Babyhaar steht wirr ab, der Schnauzbart ist von grauen Strähnen durchzogen, das war letztes Jahr aber noch nicht so.

Und Feli? Feli war mal eine dralle Teeny-Sexbombe. Jetzt ist das, was früher fest und üppig war, fett und schwammig. Dauernd ist sie auf Diät, sie nimmt aber irgendwie ungleichmäßig ab, so dass sie hinterher nicht mehr aussieht wie eine Dicke, sondern wie eine komisch geformte Dicke. Aber sie ist ja auch schon 53. Dafür allerdings auch mit einem grandiosen Mutterwitz gesegnet, einmalig. Und intelligent ist sie, viel intelligenter als ihr Mann. Maureens Schönheit und den Rest von Feli, das wär's, denkt Klaus 2, während sich Klaus 1 ein Sexabenteuer mit Maureen herbeiträumt, ansonsten aber schweigt, der Stiesel. Klaus 2 hält das Gespräch am Laufen, vermittelt, moderiert, dabei wäre dafür doch das Geburtstagskind verantwortlich. Aber der kann das nicht, hat es nie gelernt, und nun ist es zu spät.

«Und sonst so? Alles gut?», fragt Klaus Schmidt dann

schließlich Klaus Lehmkuhl. Mehr als diese Phrase bringt er nicht heraus.

Ein Glück, denkt Maureen, endlich kommen die Männer ins Gespräch, dann lassen wir sie mal. Sie lobt Feli für die tolle Location. Ja, erwidert die, ein Glück, dass wir den Hof bekommen haben. Und die ganzen alten Freunde, man sieht sich immer weniger. Ja, sagt Maureen, das stimmt, *selbst in meinem Alter* ist das schon ein Problem, den Kontakt zu halten. So ist das. Klaus 2 registriert munteres Geplauder. Gott sei Dank, denkt er, und: Hoffentlich verstehen die sich. Er braucht dringend eine Atempause. Der dicke Klaus hat original NICHTS zu erzählen. Da muss irgendwas passiert sein seit der letzten Begegnung. Oder liegt es an mir?, denkt Klaus 2. Wie kann das sein, liegt es etwa *wieder* an mir? Klaus 1 hat Mundgeruch, aber nicht einfach schlechten Atem, der Geruch ist von kloakenartiger Intensität, dass man irgendeine schlimme Krankheit dahinter vermuten muss. Wer so aus dem Maul stinkt, der stirbt bestimmt bald, denkt Klaus Lehmkuhl, und: Ein Wahnsinn, dass ich mir das antue. Zwei Stunden noch, dann ist er weg, für immer. Auch zwischen Maureen und Feli stockt das Gespräch. Feli ist zu der Erkenntnis gelangt, dass hinter Maureens schöner Fassade nichts steckt. Komm du erst mal in mein Alter, denkt sie, da bleibt nichts mehr von dir übrig. Die natürliche Tatsache des Altersunterschiedes macht sie zu Feindinnen. Maureen hat den Strohhalm beiseitegelegt und trinkt ihren Mojito in spitzen, kleinen Schlucken, in einer Art und Weise, die Feli wahnsinnig macht. Sie muss sich beherrschen, um ihr nicht das Glas aus der Hand zu schlagen.

Der Himmel wird langsam dunkel, Sterne tauchen auf. Wo ist eigentlich Rotkohl?, fragt Klaus 2. Er interessiert sich einen feuchten Kehricht für Rotkohl, was der gerade macht, ob er noch lebt oder schon tot ist, aber ihm fällt nichts anderes mehr ein. Klaus 1 deutet irgendwohin. Aha. Das Gespräch versiegt endgültig. Das Gastgeberpaar begibt sich zurück in den Kreis der anderen Gäste.

Maureen straft Klaus 2 mit Schweigen und leeren, traurigen Blicken. Der wird langsam wütend, irgendwann reicht es auch mal. Was kann er denn dafür, dass der Abend so misslungen ist? Sie kann ihm doch nicht für ALLES die Schuld geben. Ungerecht. Am Hotel hat sie auch schon rumgemäkelt, die verwöhnte Zicke («ein Stern zu viel, mindestens»). Das gibt bösen Streit nachher, da wird er sich warm anziehen müssen, hat er so im Gefühl. Das geht heute noch den Bach runter. Das wird böse enden. *Wenn* es kommt, dann richtig, umfassend, auf allen Ebenen. Er hat öfter solche Untergangsphantasien. Dass er erledigt ist, vernichtet, von einem Tag zum nächsten. Er kippt den Wodka jetzt wasserglasweise in sich rein. Unglaublich, denkt Maureen, widerlich, so hab ich den ja noch nie erlebt, von Souveränität keine Spur mehr, jetzt zeigt der sein wahres Gesicht, jetzt öffnet sich die Lehmkuhle mit all ihrem Schleim und Schmodder. Aber er ist jetzt besoffen genug, um in die *Gegenoffensive* zu gehen: eine verkackte Scheiß-Idee, hierherzukommen, zu den armen Schweinen, blöden Versagern, fetten Dorftrotteln, hässlichen Losern. Seine Ausdrucksweise wird immer unflätiger. Sie schaut ihn entsetzt an und er reißt sich noch mal zusammen, entschuldigt sich. Zu spät. Ihr Blick ist ohne Verständnis, ohne Sympathie, ohne Liebe. Bitte, wo du schon dabei bist, sagt sie mit unbeteiligter Stimme, lass dich nicht aufhalten, sprich dich aus. Er setzt erneut an, es kommen immer mehr falsche, dumme, tödliche Worte. Er lallt, wie wenn die Zunge zu groß wäre für seinen Mund. Was möchte er eigentlich *genau* sagen? Es kommt nichts Neues mehr, nur das Altbekannte in endlosen Varianten und Wiederholungen. In schlichter, holpriger Sprache, ohne Raffinesse, ohne Witz und Esprit. Ein pöbelnder Depp, mehr nicht. Halt doch dein Maul, denkt Maureen, jedes Wort macht es schlimmer. Aber er kann nicht aufhören. Vielleicht hätte er noch eine letzte, winzige Chance gehabt, wenn er *jetzt* geschwiegen und sich morgen entschuldigt hätte. Doch er redet sich endgültig um Kopf und Kragen. Sie hatten mal vereinbart, unter Alkoholeinfluss keine heiklen Gespräche mehr zu führen. Hält er sich wieder nicht dran. Er schaut sie flehend an, sie muss doch erkennen, wie er wirklich ist. Wie denn, wie denn eigentlich? Doch wohl genau SO! Er hat endgültig die Fühlung zu ihr verloren, und ihm ist jetzt auch egal, dass längst alle mithören. Wie er in einem letzten verzweifelten Akt versucht, sich auf ihrer aller Kosten, auf Kosten der *schwachsinnigen Idioten*, zu erhöhen. Was für ein Morast, für ein ekelhafter, denkt Maureen, und mich zieht er da mit rein, der peinliche, eklige, schwache, armselige Typ.

Als ob das nicht genug wäre, kommt wie aus dem Nichts Rotkohl aus seinem Loch gekrochen. Er hat alles mit angehört. Und jetzt knöpft er sich Klaus 2 vor, nimmt ihn in einer Art und Weise auseinander, die ihm, dem armen, besoffenen Irren, niemand zugetraut hätte. Aber er formuliert fast druckreif, mit fester, klarer Stimme, alles, was er sagt, ist richtig, endgültig, unwiderlegbar. Das war vielleicht der lichte Moment, den Säufer haben, bevor sie endgültig ins Delirium sinken. Ist ja auch egal. Alle spüren, dass sie *Zeugen* eines ganz besonderen Augenblicks sind. Denn genau das sind sie, Zeugen. Und Rotkohl ist Richter. Schließlich spricht er das Urteil, in erster, zweiter und letzter Instanz, Revision nicht zulässig. Klaus 2 hat verloren.

Zurück im Hotel, unternimmt er noch einen allerletzten Versuch, er will sie umarmen, doch nichts an ihr erwidert den Druck seines Körpers. Die Zahnwurzeln pochen in seinem Kiefer, die Fingerspitzen werden taub. Er sitzt auf dem Bett, sie auf dem einzigen Stuhl, weit weg von ihm, und starrt vor sich hin. Das Tosen in seinen Ohren wird unerträglich. Irgendwann kippt er vollkommen groggy zur Seite und ist sofort weg. Als er am nächsten Morgen aufwacht, ist sie verschwunden, denn sie hat tatsächlich die Gabe, sich in Luft aufzulösen.

Der erschöpfte Taxifahrer

Leipziger Buchmesse, Messeschluss. Scharen von Besuchern strömen zum Ausgang, es ist nicht so einfach, ein Taxi zu bekommen. Nach geduldigem Warten finde ich schließlich eins, der Wagen (Mazda, Peugeot, Toyota, irgend so was) ist klein, jedenfalls zu klein für den Fahrer, einen sehr korpulenten Mitfünfziger.

Durch den Messeverkehr bedingter Stau, eine zähe Angelegenheit, Schneckentempo wäre noch geprahlt. Nach kurzer Zeit beginnt der Fahrer zu stöhnen, zu jammern und zu fluchen. «Das darf doch nicht wahr sein. Ich halt's nicht aus. Nein, nein, nein. So eine Scheiße, so eine verdammte Scheiße. Oh Gott, was für eine verfluchte Scheiße.» Das ist nicht etwa ein einmaliger Ausbruch, es geht so weiter bis zum Ziel. Wie schafft der Mann es, seinen Beruf auszuüben, wenn er bei einer für einen Taxifahrer normalen Situation (so sollte man doch meinen) bereits derart die Nerven verliert? «Ich halt das alles nicht mehr aus. Mein Gott, es wird immer schlimmer, so eine elende Scheiße.» Er scheint wirklich am Ende seiner Kräfte. Das wird er wirklich nicht mehr lange aushalten, das wird nicht mehr lange gutgehen. *So* jedenfalls garantiert nicht. Tja, denke ich, so ist das heutzutage, die *Verhältnisse* produzieren andauernd Erschöpfung, tiefe Erschöpfung, unausschlafbare Lebensmüdigkeit. Man darf froh sein, da noch ein Weilchen mithalten zu können.

Madhaus

Das *Madhaus* in H. ist eine Studentenkneipe, die jeden einzelnen Abend brechend voll ist, was daran liegt, dass 1.) die Drinks ca. 20 Prozent unter dem ortsüblichen Niveau liegen und 2.) das Madhaus eine Raucherkneipe ist. An den Wochenenden wird bis zum Augenstillstand gesoffen, Bier und Schnaps fließt in Strömen, billiger Wodka, billiger Weinbrand, billiger Tequila, Jägermeister, Mexikaner.

Hinter der Theke arbeiten Mittwoch bis Samstag zwei junge Männer. Sven und Marco. Sven, 26, ist ein untersetzter, rotblonder Typ mit milchiger, sommersprossiger Haut. Glibbrige, rotbewimperte Augen, rötliche Haarbüschel auch auf Fingern und Handrücken. McDonald's-dick, schlaffer Bauchwulst über dem Metallica-Gürtel, aus seiner Jeans quillt schwammiges weißes Fleisch, das an eine Art Pilz erinnert. Sein Freund und Kollege Marco, 29, sieht auch nicht besser aus, eher schlechter: Noch dicker als Sven, kreisrunder Haarausfall, kurze Zähne im wuchernden Zahnfleisch, Hände mit abgekauten Nägeln, Finger wie scheuermittelverätzt. Ein ewig schwitzender, sich ausdünstender Typ, auf seiner Haut eine glitschige Schicht von Schweiß, Talg und Staub, kleine, bleierne Augen, die niemals aufblitzen, niemals strahlen.

Sven und Marco sind Heavy-Metal-Typen, Heavy-Metal-Fans und kleiden sich auch so: schwarze Jeans, schwarzes T-Shirt (Wacken), Doc Martens. So welche sind trotz martialischen Aussehens und großflächiger Tätowierungen in der Regel ganz lieb, Stichwort: harte Schale, weicher Kern, im Köpfchen Gartenzwergüberzeugungen, in der Lebensführung konventionell bis zur Exzessspießigkeit. Doch Sven und Marco entsprechen nicht dem Klischee des harmlos-doof-netten Hardrock-Fans. Sie sind alles andere als lieb. Richtige Acer, *White Trash*, Loser, die in ihrem ganzen Leben noch nix hinbekommen haben, Schule abgebrochen, mehrere Ausbildungen abgebrochen, alles abgebrochen, Vorstrafen wegen Körperverletzung, Betrug, Verkehrsdelikten. Hausen in billigen Siffbuden, mit Sofas, deren Ritzen vollgestopft sind mit Asche und zerdrückten Erdnussschalen. Einsame, schäbige Existenzen, ohne Zukunft, ohne Perspektive. In ihrem Inneren verfaulte Flecken, schwarzer Schwamm, der sich immer weiter ausbreitet.

Durch einen Zufall (den Besitzer und Chef des *Madhaus* in Wacken kennengelernt) sind sie hinter dem Tresen gelandet. *Megacool* ist das, strike, gib mir 5, geiles Glück. Da der Chef selten da ist, sind *sie* die Chefs, jedenfalls fühlen sie sich so und benehmen sich auch so. Sie bestimmen, wer zuerst bedient wird, und spielen in ohrenbetäubender Lautstärke ihre *Lieblingsmucke*, stumpfen, aggressiven, amorphen Metal-Brei. Wenn sich mal ein Gast beschwert, werden sie sehr schnell sehr ungemütlich. Dem Chef ist *kackenegal*, wie dumm und laut die Musik und überhaupt alles ist, solange die Zahlen stimmen.

Unter normalen Umständen hätten Marco und Sven wenig bis keine Chancen bei Frauen / Mädchen, jedenfalls nicht bei denen, die sie *geil* finden. Unter normalen Umständen hätten sie nur Chancen bei den *Ungeilen*, die so sind wie sie selbst: dumm, fett, hässlich, ätzend, abgewrackt. Aber es herrschen keine normalen, sondern verrückte Umstände (mad), weil sie die Herren über den Tresen, die Drinks und den ganzen verdammten, versifften, verfickten Laden sind.

Als sie im Madhaus anfingen, mussten sie jede Nacht mit anschauen, wie die Girls zu fortgeschrittener Stunde abgeschleppt wurden. Das Madhaus gilt nämlich nicht nur als harter Saufladen, sondern *auch* als der härteste Baggerschuppen weit und breit. Obwohl das allgemein bekannt und deshalb besondere Vorsicht angesagt ist, hält das die süßen Erstsemester-Girls nicht davon ab, sich hier abzuschießen. Eben weil dem Madhaus dieser Ruf vorauseilt. Je verruchter, desto besser, finden gerade die Mädchen aus besserem Hause. Licht aus, Schnaps an, Drinks, Drinks, Drinks, so viele, wie reingehen.

Sven und Marco haben schnell dazugelernt. Wie Hyänen auf der Suche nach Opfern spähen sie Mädchen aus, die ihre Clique verloren, es nicht mehr nach Hause geschafft haben, ohne Geld und orientierungslos in irgendeiner Ecke hängen, nicht wissen, wie sie hier wegkommen sollen und wie es überhaupt weitergeht. Zu denen setzen sie sich, mimen Verständnis, spendieren Zigaretten, Erdnüsse und natürlich Schnaps, viel Schnaps, so viel, wie noch reingeht. Den meisten Mädchen käme nicht in den Sinn, Böses zu vermuten, denn Marco und Sven sind als Chefs erst mal unverdächtig. Chefs geben ihren Gästen eben ab und zu einen aus, um sie bei Laune zu halten, damit die wiederkommen, normal. Doch irgendwann, so zwischen fünf und sechs, schnappt die Falle zu: Sie bieten den halb toten, halb bewusstlosen Mädchen einen *Poofplatz* an. Die Hälfte etwa kommt mit.

In Marcos Wohnung werden die Mädchen weiter abgefüllt. Was dann geschieht, sind Nötigungen, Halbvergewaltigungen, widerliche Spielchen. Nur wenn ein Mädchen mal *ernsthaft* Widerstand leistet, lassen sie ab, denn eine Anzeige wollen sie nicht riskieren. Aber das ist seltsamerweise noch nie passiert.

Sie schauen am liebsten Pornos der Kategorie *Drunk* und spielen das dann bei passender Gelegenheit nach: Sie begrabbeln die widerstandsunfähigen Mädchen, und am Ende spritzen sie ihnen ins Gesicht. Das filmen sie mit ihren Handys. Knapp sechs Minuten Cumshots sind auf diese Weise schon zusammengekommen. Im Unterschied zu Sven, der einfach nur ein widerliches geiles Schwein ist, hasst Marco die Mädchen. Er weiß, dass die ihn nüchtern und bei klarem Bewusstsein mit dem Arsch nicht angucken würden, und dafür rächt er sich, indem er diesen kleinen Fotzen in ihre arroganten Gesichtchen wichst. Er liebt diese süßen, unschuldigen, jungen Mädchengesichter, die weich und glatt sind wie Sahne. Wenn er nur mehr Säure im Ejakulat hätte, er würde denen gerne die Haut verätzen.

Letzten Samstag war Sven krank, und er musste das Madhaus ganz alleine schmeißen. Ganz am Ende hat er eine entdeckt, die sich im Koma vollgekotzt hatte. Die hat er abgeschleppt, im wahrsten Sinne des Wortes, weil sie nicht mehr alleine laufen konnte. Als sie dann bewusstlos in seinem Bett lag, hat er ihr ein Lid hochgezogen und ins Auge gespritzt.

Am nächsten Tag konnte sie sich nicht mehr erinnern, was los gewesen war und warum ihr Auge so brannte und zu einem roten Bällchen gequollen war. Sie wollte das auch gar nicht wissen. Als sie nachmittags neben diesem widerlichen Penner aufgewacht ist, hat sie sofort die Flucht ergriffen. Was da *wirklich* passiert ist, übersteigt ihre Vorstellungskraft.

Junge Mädchen sollten das Madhaus also unbedingt meiden.

Ein Läufer

Ein TV-Moderator ist in eine Talkshow eingeladen, um sein neues Buch vorzustellen, einen Ratgeber zum Thema Laufen. Die bei so Selbstoptimierungsanleitungen üblichen Vorher-nachher-Fotos werden eingeblendet, dick / unglücklich, mager / glücklich. Obwohl der Mann lässig rüberzukommen versucht, dringt ihm der Fanatismus aus allen Poren: MENSCHEN, DIE NICHT REGELMÄSSIG LAUFEN, SIND DISZIPLINLOSE SCHWEINE. Sein Auftritt ist zum Gähnen langweilig, null witzig, aber tut so, als ob. Die Talkmasterin ist sichtlich um Schadensbegrenzung bemüht. Bevor *alle* Zuschauer um- oder abschalten, macht sie selbst ein paar Gags und beendet das Gespräch zwei Minuten vor der Zeit. Der Läufer ist stocksauer. Diese Talkshow war die einzige Chance, sein Scheiß-Drecksbuch unter die Leute zu bringen, er ahnt schon, dass das nichts wird mit *Bestseller*. Nach der Aufzeichnung gemütliches Beisammensein mit Moderatoren und Gästen. Der Läufer setzt sich mit seinem Obst-und-Gemüse-Teller zu einem der anderen Gäste, einem bekannten Politiker, der ohne jedes Schuldgefühl eine Riesenportion Kartoffelsalat mit Würstchen verdrückt. Der Läufer (hasserfüllt): «Das geht aber direkt auf die Hüften.» Politiker: «Ach iwo, ich ess die nächsten Tage etwas weniger, dann schmilzt das gleich wieder weg.» Läufer (jetzt vor Hass schäumend): «AB EINEM GEWISSEN ALTER NICHT MEHR! IRGENDWANN GEHT DAS EBEN NICHT MEHR WEG!»

Hundefrauen

Anfang April in Lüneburg, es ist einer der ersten warmen Tage. In der Nähe seines Hotels ein kleiner, menschenleerer Park, hier ist er ungestört und kann sich bis zum Beginn seiner Veranstaltung am Abend ausruhen. Jacke aus, Schuhe aus, herrlich. Allerdings währt die Ruhe nicht lang, denn nach ein paar Minuten kommt eine Frau mit Hund (Typ *groß, feucht, stinkt und haart*), bleibt wenige Meter von seiner Bank entfernt stehen und redet auf das Tier ein. Mit verstellter Stimme und unter Zuhilfenahme von Händen und Füßen, so wie man mit begriffsstutzigen Kindern zu reden pflegt. Man sieht sofort, dass sie nicht die geringste Ahnung von Hundeerziehung hat. Der Hund guckt dumm und bellt, worauf die Frau «PSSST!» macht.

Wieso richtet die ihn ausgerechnet an dieser Stelle des Parks ab, wo sie doch sieht, dass da einer sitzt, der am allerallerallerliebsten ungestört wäre? Der Park ist zwar klein, aber soooo klein nun auch wieder nicht. Doch die macht, was sie will, das drückt sie in ihrer ganzen Körperhaltung aus. Jetzt wirft sie ihm einen bösen Blick zu. Botschaft: ICH KANN HIER SO LANGE STEHEN, WIE ICH DAS WILL, UND SO LAUT MIT MEINEM HUND REDEN, WIE MIR DAS PASST. WENN DAS IRGENDJEMAND STÖRT, SOLL ER VERSCHWINDEN.

Na dann, Widerstand zwecklos, gegen solche Leute kommt man erfahrungsgemäß nicht an, also heißt es Segel streichen (wahlweise Schwanz einziehen, Pfötchen geben, Männchen machen). Eine zweite Frau kommt angeschoben, ebenfalls mit Hund (*groß, feucht, stinkt und haart*). Die beiden tun vertraut miteinander, quatschen Hundelatein, während sich ihre Tölen wütend anbellen. «PLATZ, RUHIG, SITZ, RUHE!» Unbeholfene Kommandos, auf die die Hunde nicht reagieren. Aber das soll sich ändern, darum wird ja geübt.

Frau-Hund-eins geht ein kurzes Stück, macht auf den Hacken kehrt, passiert Frau-Hund-zwei, macht auf den Hacken kehrt, und das Ganze von vorn. Aha, Hund eins soll lernen, Hund zwei zu ignorieren. Klappt natürlich nicht. Nach der dritten Kehre schnappen die Hunde ohrenbetäubend kläffend nacheinander. Die Frauen brüllen und reißen mit aller Gewalt an den Leinen.

Dass da einer sitzt: egal. Wenn er gebissen würde: selber schuld. Einzige Möglichkeit, sich beliebt zu machen, wäre, den Frauen anzubieten, dass sie ihre Hunde zu Trainingszwecken auf ihn hetzen dürften.

Sie sehen aus, wie Hundefrauen so aussehen: Eine trägt Strähnchen im raspelkurzen Schopf, die andere hat ihre Haare in einem seltenen Rotton gefärbt. Schlechte Haltung, Übergewicht und *sehr* kleine, mutmaßlich leere Rucksäcke über den Funktionswesten. Statt Männern haben die sich also Hunde zugelegt. Was bei Männern eine unlösbare Aufgabe war, sollte bei den Tieren klappen. Problem: Wenn man zu spät mit der Erziehung anfängt, klappt es weder bei der einen noch der anderen Spezies.

Es gesellt sich eine dritte, wenige Augenblicke später eine vierte Hundefrau dazu. Stehen direkt vor seiner Bank und fachsimpeln. Alle Hunde bellen, so laut sie können.

Aha, denkt er, augenscheinlich bin *ich* der Aggressor. Dieses ist ein Hundepark, zu dem hundelose Menschen keinen Zutritt haben, ein Park, den sich die Hundebesitzer unter den Nagel gerissen haben. Wäre er nicht fremd, würde er das wissen und endlich *Leine ziehen*.

Die Hunde wollen und wollen und wollen ums Verrecken nicht gehorchen. Da müsste mal der Dings ran, wie heißt der gleich, der TV-Hundetrainer, Hundeflüsterer, der mit seinen Hunde-Comedy-Shows mittlerweile riesige Hallen füllt. Tierische Witze für Hund und Herrchen.

Als Letztes stößt eine sehr, sehr dicke, sehr, sehr kleine Frau zur Runde. Ohne Hund. Aber mit Ahnung. Die Hundetrainerin. Sie trägt einen winzigen weißen Kunstlederrucksack, eine Art Kinder-Miniaturausgabe eines Zwergen-Rucksacks. Wer in der Hierarchie ganz oben steht, hat also das kleinste Rucksäckchen. Interessant. Sie erklärt den Frauen die heutige Trainingseinheit, in deren Mittelpunkt das sogenannte *Clicker-Training* steht: «Ein Satz, den Sie sich merken sollten: Verhalten wird bestimmt von seinen Konsequenzen. Das gilt für Hunde genauso wie für den Rest der Welt.»

Er freut sich schon darauf, was gleich alles schiefgeht. Doch dann deutet die Trainerin Richtung Altstadt: Da hinten, an der Ilmenau, da machen wir das. Schade.

So zieht die traurige Prozession ab zum Clicker-Training. Schlecht erzogene Hunde mit ihren schlechtgelaunten Frauchen, die sich ihr Leben irgendwann auch mal anders vorgestellt haben, aber das ist lange her.

Vergebung

Kleinensee liegt in Hessen, das nur einen Steinwurf entfernte Nachbardorf Großensee in einem weit in den Westen ragenden Zipfel Thüringens, es ist fast vollkommen von hessischem Gebiet umschlossen und nur über eine einzige Landstraße mit dem eigenen Territorium verbunden. Aus der Luft betrachtet sieht Großensee aus wie ein Tennisschläger.

Als die DDR 1952 ihr Grenzregime verschärfte, hatte dies erhebliche Konsequenzen für die Anwohner beider Seiten. Viele Bauern im Westen hatten im Osten landwirtschaftlichen Besitz, den sie nun nicht mehr betreten und bewirtschaften durften. Die Bewohner im Osten mussten ständige Kontrollen über sich ergehen lassen. Jäh und brutal wurden die Nachbardörfer, zwischen denen enge freundschaftliche und verwandtschaftliche Beziehungen bestanden, durch Schließung der Grenze voneinander getrennt. In Blick- und Rufweite und doch unerreichbar!

In einer letzten Ausbaustufe wurde 1973 eine Mauer errichtet. Hatten Kleinenseer und Großenseer bis dahin untereinander immer noch irgendwie Kontakte pflegen können, ging dies nun nicht mehr. Nicht einmal mehr zuwinken durften sie sich, denn wer weiß, welche geheimen Zeichen sich hinter vermeintlich harmlosem Grüßen versteckten. In vorauseilendem Gehorsam *schaute* man sich auch nicht mehr an, die Großenseer taten so, als gäbe es die

Kleinenseer nicht, und die taten es ihnen nach, um ihren eingesperrten Nachbarn keine Schwierigkeiten zu bereiten. Nicht die kleinste Information aus dem zum *nichtsozialistischen Wirtschaftsgebiet* zählenden Nachbardorf sollte nach Großensee sickern und dessen Einwohner infiltrieren. Wer sich an diese Regeln nicht hielt, bekam Besuch von der Stasi, wurde möglicherweise sogar verhaftet und nach Eisenach ins Gefängnis gebracht. Die Verhaftungen breiteten sich wie Seuchen aus. So wie man eine ansteckende Krankheit weitergibt, übertrugen die Menschen durch Händedruck, Atem, eine zufällige Begegnung die Keime der Verhaftung. Die Verhöre im Eisenacher Gefängnis dauerten oft sehr lange, viele Tage und Wochen, praktisch unbegrenzt, nach oben offen, bis in alle Ewigkeit.

Es wurde auch eine Sperrstunde verordnet. Punkt 22 Uhr war in Großensee jetzt Zapfenstreich. Wer später kam, dem wurde der Einlass verwehrt. Am 7. Januar 1977 erfror der Landwirt Günter Schober vor den Toren des Dorfes. Ihn traf die volle Härte des Gesetzes, denn von der Missachtung der Sperrstunde bis zur Grenzverletzung war es nur ein kleiner Schritt, und *Grenzverletzer*, so lautete der Befehl, *sind festzunehmen oder zu vernichten.*

Als hätte die Sperrzone (500-Meter-Schutzstreifen, Brachfeld, 10-Meter-Kontrollstreifen / Todesstreifen) mit ihren Selbstschussanlagen und *Antipersonenminen* nicht gereicht, wurden Betonwaben im Erdreich versenkt, um auch eine *unterirdische* Flucht undurchführbar zu machen. Dazu das wütende Gebell in den Hundelaufanlagen, Tag und Nacht und Nacht und Tag. Die Leinen der Tiere waren zu kurz, als dass sie hätten zueinanderkommen können. Verzweifelt zerrten und rissen sie an ihnen, doch es nützte nichts, die Nasenspitzen waren nur ein paar Zentimeter voneinander entfernt und doch unerreichbar, wie bei den Menschen.

Während der Obsternte mussten die Leitern abends wieder weggestellt werden, da sie für Fluchtversuche hätten missbraucht werden können, Lagerfeuer waren wegen etwaiger *Signalgebung an den Feind* untersagt, schließlich wurden auch Schaukeln und Wippen verboten, man weiß ja nie ...

Angst und Ohnmacht verdichteten sich zu einer kollektiven Lähmung, der Grad an Betäubung und Hoffnungslosigkeit war unbeschreiblich. Den Großenseern, diesem traurigen Sklavengewürm, blieb nur noch der Glaube an ein Wunder. Denn was bleibt den Unterdrückten anderes übrig als zu glauben? Sie werden geknechtet und belogen und betrogen und nochmals betrogen und hören doch nicht auf zu glauben.

1979 hat der Großenseer Klempner Lothar Müller das Pech, denunziert zu werden, warum, und von wem, kam nie heraus. Lothar, der Harmloseste der Harmlosen, Parteimitglied, linientreu wie eine eins, wird bezichtigt, ein *Diversant* zu sein, ein Saboteur, der mit dem Westen sympathisiert und das Eindringen westlichen Gedankenguts fördert. Er wird verhaftet und kommt nach Eisenach. Seine Zelle ist winzig und nur mit Kübel, Holzpritsche, Matratze und Decke ausgestattet, die Pritsche mit 1,70 m viel zu kurz, Tageslicht bekommt er von nun an keines mehr zu sehen.

Sein erster Vernehmer heißt Janischewsky, ein knochiges, sehniges, dummes Biest. Einen Tag beleidigt er ihn, am nächsten ist er ausgesucht freundlich; Lothar soll sich auf nichts einstellen können, so soll er gebrochen, soll die *Zersetzung der Persönlichkeit* erreicht werden. Doch Lothar schweigt. Janischewsky gerät in Rage. Lothar soll endlich zugeben, *Verbrechen gegen den Frieden* begangen zu haben, ein *Faschist und Agent* zu sein.

Als Lothar weiter stumm bleibt, wird Janischewsky abgelöst. Der neue Vernehmer heißt Maier, ein kleiner, runder Mann mit stupsnasigem, frischem Mondgesicht, dessen Nase und Wangen von geplatzten Äderchen gerötet sind. Während der Verhöre schiebt er seinen Kaugummi ununterbrochen von einer Seite des Mundes in die andere, sein Gesicht bleibt dabei nonnenhaft leer und nichtssagend. Meiers Stimme ist wohlklingend, zieht einen über kurz oder lang in den Bann mit ihrem hypnotisierenden Timbre. Menschen öffnen sich ihm, ein Talent. Nicht umsonst ist er Vernehmer. Er stellt Fragen, und die Menschen antworten bereitwillig. Es klappt fast immer. Bei Lothar nicht. Denn wie hartnäckig Meier auch mit Engels- oder Teufelszungen fragt und bohrt und sägt, Lothar schweigt und schweigt und schweigt.

Meier teilt Lothar mit, dass sich seine Frau von ihm getrennt habe. Verübeln könne man es ihr nicht, so lange, wie er schon hier einsitze, und wer weiß, wie lange die Untersuchungshaft noch dauere, und dann komme ja erst die *eigentliche* Haftstrafe. Tja, denkt Lothar, stimmt, man kann ihr nicht böse sein. Und schweigt weiter.

Die Verhöre finden jetzt nur noch nachts statt, oftmals acht Stunden hintereinander. Lothar muss sich ausziehen, ihm soll deutlich gemacht werden, wer hier die Macht hat und wer ohnmächtig ist. Er muss stundenlang nackt in der Zelle stehen; liegen, sitzen oder schlafen ist strengstens verboten, das wird alle zwei bis fünf Minuten kontrolliert.

Doch Lothar bleibt standhaft.

Dann folgt die *physische* Folter. Meier taucht in Begleitung zweier Gehilfen auf. Die treten gegen Lothars Schienbeine, prügeln ihn mit einem Stahllineal und hauen stundenlang auf sein schwaches Herz. Doch Lothar schweigt immer noch und unterschreibt immer noch nichts. Die Männer kommen jetzt jeden Tag. Nahezu unbeschränkte Macht in den Händen von beschränkten Menschen gebiert immer Grausamkeit. Lothar bekommt Angst, schreckliche Angst. Denn an die Folter gewöhnt man sich nicht. Die Angst drückt seinem Gesicht ihren Stempel auf. Der Mund wird schief, die Oberlippe rutscht nach vorn, wodurch der eingefallene untere Teil des Gesichts immer mehr herunterhängt. Nach einem Jahr Eisenach ist er verwüstet, zerstört, kaputt. Obwohl er immer noch nichts unterschrieben hat, wird er, der vielfach gebrochene Mann, als *unschädlich* eingestuft aus der Haft entlassen.

An einem grauen, verregneten Novembertag steht er vor seinem grauen, von Rissen durchzogenen Haus. Gebäude und Himmel fließen an diesem Tag in eine einzige undurchdringliche Finsternis zusammen, als hätte sich das Haus in die Erde hineingewühlt. Drinnen ist es kalt, feucht, dunkel, leer. Seine Frau ist aber nicht etwa mit einem Liebhaber durchgebrannt, sondern lebt in einem *Feierabendheim*, wie Altenheime in der DDR heißen. Vor Gram und Kummer gebeugt, ist sie in die Senilität abgeglitten, wo kein Mensch sie mehr erreicht.

Lothar lebt fortan verängstigt wie eine Maus in seinem Haus, aus dem er sich nicht mehr heraustraut. Ein Geächteter, von der Dorfgemeinschaft gemieden, ohne Arbeit, ohne Einkünfte. Nach einiger Zeit wird er von den Großenseern vergessen, mit Ausnahme einer barmherzigen Seele, die ihm regelmäßig eine Tüte mit Lebensmitteln vor die Haustür legt.

Lothar ist schrecklich langweilig, denn Zeitung liest er nicht, Radio und Fernsehen besitzt er keins. Er sucht sich einen Platz im ersten Stock, hinter einem Vorhang, wo ihn niemand sieht, er aber das Geschehen draußen beobachten kann. Viel zu beobachten gibt es nicht.

Die Jahre vergehen. Lothar ist zu einem mit Grind und Schuppen bedeckten Greis geworden, dem aus Nase und Ohren und von überall Haare sprießen. Doch immer noch hält er seinen Beobachtungsposten, steht er jeden Tag hinter dem Vorhang, stundenlang, so wie er stundenlang in der Zelle gestanden hat.

Bis eines Tages im Jahr 1990 Leute nach Großensee strömen, viele Leute, große Leute, kleine Leute, dicke und dünne, verwachsene, versehrte, entstellte, hinkende. Sie kommen Lothar unwirklich vor, wie mit Kleidern behängte Schattenrisse. Er findet keine Erklärung dafür, warum diese ihm völlig unbekannten Menschen einfach so frei durch das Dorf spazieren. Er gelangt zu dem Schluss, dass es sich um eine hinterhältige Täuschung der Diktatur handeln muss, eine Vorstellung, einzig und allein inszeniert, um ihn, Lothar Müller, auf die Straße zu locken, wo er wegen *antisozialistischer Umtriebe* erschossen werden soll. So muss es sein. Also bleibt er, wo er ist, und rührt sich nicht vom Fleck, während der Lärm von draußen eindringt und sich verbreitet wie Giftgas.

Er bekommt Hunger. Auf leisen Sohlen schleicht er im Schutz der Dunkelheit vor die Tür, um sein Essen zu holen, doch da liegt nichts. Am nächsten Tag auch nicht und am übernächsten auch nicht. Bald ist er nur noch Haut und Knochen, ein Gespenst, so dünn wie die Vorhänge, hinter denen er sich verbirgt. Er frisst alles, was das Haus an Resten hergibt, vergammelte Kartoffeln, Zwiebeln, Rüben, Rinden, Schalen. Doch auch das ist irgendwann verbraucht.

Der 2. Juli 1991 ist ein Hochsommertag, wie er im Buche steht.

Hätte man in der Nacht einen Spaziergang unternommen und wäre dabei zufällig an Lothars Haus vorbeigekommen, hätte man unter dem Zirpen der Grillen, dem Quaken der Frösche, dem Tschilpen der Vögel auch eine leise Stimme vernehmen können.

«Alles für das Volk, alles mit dem Volk, alles durch das Volk.»

«Arbeite mit, plane mit, regiere mit.»

«Der Marxismus ist allmächtig, weil er wahr ist.»

«Wir sind die Sieger der Geschichte.»

Lothar Müller spricht diese Losungen, auf dass ihm der Sozialismus vergeben möge. Doch der vergibt ihm immer noch nicht, und so stirbt er ohne Trost, die Augen voller Tränen.

Ein schlimmer Traum

Seit seinem fünfundzwanzigsten Lebensjahr vergällt ihm ein immer wiederkehrender Traum das Leben. In gestochen scharfen Bildern träumt er von seiner Hinrichtung, seinem Tod.

Er ist ein in stinkende Lumpen gehüllter Mann in den späten Siebzigern. Buchstäblich nichts ist ihm geblieben, die Brille zerbrochen, das Gebiss zerschlagen, der Schädel kahl rasiert, barfuß, kein Gürtel, um die zerrissene Hose zu halten, selbst die Finger- und Zehennägel wurden ihm gezogen. Er wartet, zusammengepfercht mit einem Dutzend anderer Greise auf seine Hinrichtung. Alle halbe Stunde wird einer abgeführt und im Hof hingerichtet. Zuvor werden die Delinquenten noch auf entsetzliche Weise gequält und gedemütigt, die Angst- und Schmerzensschreie dringen durch Mark und Bein. Furchtbar auch, dass nicht klar ist, ob sie erschlagen, gehängt, gevierteilt, gepfählt oder sonst was werden.

Der Traum unterscheidet sich in seiner Tiefe, Schärfe, Detailgenauigkeit und den gleißenden Farben von allen anderen. Der Traum ist so real, dass er oft Tage braucht, um ihn hinter sich zu lassen.

Er ist Anfang vierzig und mittlerweile (er hat dies sicher schon hundertmal geträumt) davon überzeugt, dass es so kommen wird, kommen *muss*. Die einzige Möglichkeit, ein solches Ende abzuwenden, wäre, sich selbst zu richten.

Aber es bleibt ja noch ein Fitzelchen Hoffnung, dass eben doch alles nur ein *Traum* ist. Weiß man's? Mit nichts auf die Welt gekommen und mit nichts verlässt man sie wieder, das ist ja klar. Aber so?

Aufstand der Kleinfahrzeuge

Ein Wahrscheinlichkeitstheoretiker würde wohl sagen, dass so ein Ereignis in einer Million Jahren oder in zehn Millionen Jahren nur *einmal* vorkommt. Und auch wenn man kein Wahrscheinlichkeitstheoretiker ist, begreift man sofort, dass es sich wirklich um einen ganz und gar unwahrscheinlichen Zufall handeln muss.

Mannheim, 15.7.2017, Rushhour, hohes Verkehrsaufkommen, ein großer, vielbefahrener Kreisverkehr. Da passiert Folgendes: In alle vier Einfahrten gleichzeitig biegen *Kleinfahrzeuge* ein, so nennt man Elektroautos, Leichtkraftfahrzeuge, Autos, für die man keinen Führerschein benötigt, deren Höchstgeschwindigkeit 25 km/h nicht überschreiten darf. Es sind dies: ein Traktor, zwei Mini-Räumfahrzeuge und ein *Mobil*, das aussieht wie ein zum Fahrzeug umgebauter Rollstuhl (kein Elektrorollstuhl!). Im gleichen Moment biegen die vier *Dinger* in den Kreisverkehr, erzlangsam, sperrig, schlecht zu manövrieren, und legen alles lahm. Verrückt, wirklich verrückt.

An diesem zentralen Knotenpunkt läuft es sowieso nur halbwegs reibungslos, wenn sich alle Verkehrsteilnehmer an die Regeln halten, den Kreisverkehr konzentriert und zügig passieren. Und nun sorgen vier lächerliche Schüsseln, Quatschfahrzeuge, Idiotenautos für totales Chaos.

Plötzlich scheint es, als würde, von diesem Punkt ausgehend, eine unaufhaltsame Kettenreaktion ausgelöst, die auf alle anderen Kreisverkehre, Landstraßen, Autobahnen, Highways übergreift, schließlich den Verkehr auf der ganzen Welt zusammenbrechen lässt. Eine Revolution. Die Zwergenautos haben sich verbündet, um die mächtigen Riesen, die SUVs, Sportwagen, LKWs, Dreckschleudern (Oldtimer inbegriffen) und Stretchlimos zu erledigen. Die Verhältnisse werden sich radikal ändern. Eine wundersame Fügung, wie sie allein die Welt noch retten kann!

Inhalt

Weitere Titel von Heinz Strunk

Das Strunk-Prinzip

Das Teemännchen

Der goldene Handschuh

Die Zunge Europas

Fleckenteufel

Fleisch ist mein Gemüse

Heinz Strunk in Afrika

Junge rettet Freund aus Teich

Jürgen

Botho Strauß:
Der zurück in sein Haus gestopfte Jäger
(Herausgegeben von Heinz Strunk)